けなげな恋心

サラ・モーガン 作

森　香夏子 訳

ハーレクイン・イマージュ

東京・ロンドン・トロント・パリ・ニューヨーク・アムステルダム
ハンブルク・ストックホルム・ミラノ・シドニー・マドリッド・ワルシャワ
ブダペスト・リオデジャネイロ・ルクセンブルク・フリブール・ムンバイ

WORTH THE RISK

by Sarah Morgan

Published by Harlequin Japan, a Division of K.K. HarperCollins Japan, 2024

サラ・モーガン

イギリスのウィルトシャー生まれ。看護師としての訓練を受けたのち、医療関連のさまざまな仕事に携わり、その経験をもとにしてロマンス小説を書き始めた。すてきなビジネスマンと結婚して、2人の息子の母となった。アウトドアライフを愛し、とりわけスキーと散歩が大のお気に入りだという。

主要登場人物

アリー・マグワイア……………クリニックの医師。山岳救助隊員。
シャーロット……………………アリーの姉の遺児。愛称チャーリー。
エレイン…………………………アリーの母親。
ショーン・ニコルソン…………アリーの同僚。クリニックの新任医師。
ウィル・カーター………………アリーの上司。クリニックの経営者。
モリー……………………………ウィルの妻。
ルーシー・グリフィス…………アリーの同僚。クリニックの看護師。
ヘレン……………………………アリーの同僚。クリニックの受付。
メアリー・トンプソン…………アリーの患者。
ジェフ……………………………メアリーの夫。
フェリシティ・ウェブスター…アリーの患者。妊婦。
ジェニー・モンロー……………アリーの患者。
ジャック・モーガン……………山岳救助隊リーダー。

1

アリーは寒さに震えていた。

昨夜《ゆうべ》ホットチョコレートを手に暖炉に当たっていたときは、山歩きは名案に思えた。誰にも邪魔されず爽やかな空気を吸う。命の洗濯だ。最近めったにそんな暇はないし、天気予報も今日は晴れだと言っていたから……。

吹き上げる風に、帽子を耳まで引き下ろす。霧が出てきた。気象予報士なんていい商売だわ。医者は診断を間違えば一生職を失うのに。

やれやれと肩をすくめ、指笛を吹く。霧の中から弾丸のように毛むくじゃらの犬が飛び出してきて、アリーの前で止まって尻尾を振った。

「計画は中止よ」アリーは凍えた手に手袋をはめ、犬をにらんだ。「何がうれしいの？　こっちは低体温症寸前なのに。さっさと引き揚げましょう」犬の頭を軽く叩《たた》いて向きを変えたとき、はっとして立ち止まった。犬が唸《うな》る。

「聞こえた？」アリーは再び耳を澄ました。

何も聞こえない。ただごうごうと風が鳴っているだけだ。アリーは華奢《きやしや》な作りの顔をしかめ、振り返って首を伸ばした。声は崖下の渓谷から聞こえてきたようだ。

風のいたずら？　それとも助けを呼ぶ声？犬の耳をくすぐる。「気のせいかもしれないけど、見てみましょう。もう少し上から」

ここは道幅が狭い。端に寄りすぎると谷底へ真っ逆さまだ。

アリーは踵《きびす》を返し、指を鳴らした。犬が舌を垂らしてついてくる。曲がり角まで来ると、アリーは霧で濡《ぬ》れた顔を拭き、しゃがんで膝をついた。道の端のほうへにじり寄る。

「気は確かか？」

男の手がいきなりアリーの肩をむんずとつかみ、崖から引き戻した。アリーは道に投げ出され、尻もちをついた。

心臓が飛び跳ねる。固く目をつぶり、また開くと、二本のたくましい脚が見えた。目をぱちぱちさせながら、ゆっくり視線を上に向ける。広い肩幅、タートルネックのセーター、いかついあご……最後に、二つの黒い目がアリーをにらんだ。

怒っている。私のことを？

心臓はまだどきどきしている。アリーは差し出された手を無視して立ち上がった。一度つかまれれば十分よ。いったいどれだけばか力なの！

「ここで何をしている？」男の乱暴な問いかけに、アリーはむっとしてあごを上げた。

「なんだと思う？」見ればわかるでしょうに。

「自殺しようとしていたんだろう」

「そんなわけないわ」アリーは迷惑そうに膝の小石をはたいた。「人の声が聞こえた気がしたのよ」

男の黒い眉がつり上がる。「だから崖から頭を突き出して覗《のぞ》こうとしていたのか」

「突き出したりしてないわ」

問答無用で男はアリーの手首をつかみ、今度は崖っぷちへ引き戻した。

「見ろ、この道は崩れかけている。下手をすれば、あっという間にあいつらの仲間入りだ」

アリーは手を引き抜こうとした。「ここは無事よ。ナショナルトラストが――」そう言って口をつぐむ。「今、〝あいつら〟って……。あなたにも聞こえたの？」

男は厳《いか》めしくうなずいた。アリーの手を放し、背中から大きなリュックを下ろす。「少年が二人、助けを求めている。渓谷を歩き回っていたらしい」

「渓谷を？　月曜から三百ミリ近い雨が降ったのよ。ロープはつけていたのかしら」

男はリュックの口を開け、ジャケットの襟を引き上げた。「子どもだからな。ちゃんとした服装をしていたかどうかも怪しい」

「そんな」アリーは心配そうに崖を見やった。「急いで助けなくちゃ」

「そのとおりだ」リュックから目を上げた男はじろじろとアリーの顔を眺め、高級な登山ジャケットのロゴに目を留めた。

アリーはたじろいだ。この目で見られるとなぜかおどおどしてしまう。二十八歳の医者というより、十八歳の高校生になったように。彼のゴージャスで力のみなぎる目は、見つめると吸い込まれそうだ。

「山岳救助隊に連絡を。でも携帯を置いてきたわ」

「僕は持っているが、圏外だ」男は背筋を伸ばし、額を拭った。「君は登山パーティの仲間と山を下りて固定電話で救助隊を呼んでくれないか？」

「あなたは？」

彼はリュックに目を戻した。「渓谷に下りる。助けが来るまで子どもたちを保護しておくよ」

「一人きりで？」

「羊でも連れていくか？」

「救助隊が来るまで待ったらどうかということよ」

「時間がかかりすぎる」彼はリュックからロープを出した。「子どもたちはおそらく軽装だ。君が救助隊を呼ぶ前に低体温症で死んでしまう」

アリーは凍える頬を手でこすった。どんどん寒くなる。「だめよ、一人で下りるなんて危険だわ」

「ほかに何かいいアイデアでも？」

ない。あっても聞いてもらえそうにないが。彼は早くも用意を始めている。どれほど危険かも気にせずに。彼が帽子を脱いだとき、アリーは息をのんだ。

心臓が止まるほどハンサムだ。黒い短髪、凛々《りり》しい口元、たくましいあご。アリーはしばし見とれてから、われに返った。何をぼうっとしているの、ハンサムなんてろくなものじゃないわ！

「ロープで下りるなんて命がけよ。よくそんなに落ち着いていられるわね」

「パニック状態になってほしいのかい？」

アリーはからかわれて赤くなり、自分の体を抱きすくめて周囲を眺めた。天気は悪くなる一方だ。

「危険すぎるわ」

男はヘルメットをかぶり、空を見上げた。「風がこれ以上強くならなければ大丈夫だ。ヘリコプターはだめだろうけど。場合によっては、けが人を担架で下ろすことになるかもしれない」

アリーはうなずいた。「そうね。だったら、あなたが下に着くまでここで待ってるわ。けがの具合を救助隊に伝えられたほうがいいでしょう？」

「賛成だ。君の登山パーティはどこにいる？」

アリーはもじもじした。「いないわ……」

不穏な沈黙が落ちる。「一人か。この天気に？」

「ええ、でも――」

「何を考えているんだ」彼はいきなりアリーのあごをつかみ、自分のほうを向かせた。「一人ぼっちで冬山をほっつき歩くなんてどうかしてるぞ！」

アリーは目をかっと怒らせ、彼の手を振り払った。

「自分だって一人で歩いていたじゃないの。そのうえ、ここをまた一人で下りるなんて。偉そうにお説教しないで！」

「それとこれとは違う」

アリーは顔を上げ、彼と目を合わせた。「あなたが男で、私が女だから？」

彼の顔から怒りが消え、すまなそうな笑みが浮かぶ。「まあ、そうかもな」

アリーは唾をのんだ。怒った顔がハンサムなら、笑った顔は強烈に魅力的だ。横柄で傲慢な顔が少年のように無邪気な笑顔に変わる。そのはっとするような変化に思わず目を奪われずにいられなかった。

しかし、そんなことに惑わされてはいけない。アリーはわれに返って彼をにらんだ。「女性蔑視だって言われたことはある？」

「ああ、しょっちゅうだよ」彼はおどけて笑った。

「ただ、女が一人で山をうろつくものじゃない。山の天気は変わりやすいし、どこに殺人鬼が潜んでいるかわからないからな」

「ちゃんと装備しているわ。護身用の犬もいるし」アリーは寒さに足踏みしながら言った。「もうお説教はやめて。さっさと救助プランを練りましょう」

「プランは考えてあったんだが」彼はロープの重さを手で量りながら言った。「まさか君が一人とはな」

「何がいけないの？」

「手伝ってもらおうと思ったけど、女一人では、かえって困る」

「どういうこと？」

「言ってもいいかな」彼は嫌みっぽく笑った。「足手まといなんだよ」

「足手まとい？」

「ここぞというときに、頭の空っぽなブロンド娘はお荷物だ。軍隊に女がいらないのも同じ理由だ。女を守ろうとして任務に支障が出る」

頭が空っぽ？　アリーは怒りのあまり口をぱくぱくさせながら、ようやく声を取り戻して言った。

「守っていただかなくても結構よ」

「君がよくても、そういうものなんだよ。だから一人では行かせられない」

アリーは耳を疑った。「十代のころからここには一人で来ているけど、何も問題なかったわ」

「それは運がよかったからだ。そんなに歩きたければ、野山を歩く会にでも入るんだな」

「野山を……」いや増す怒りで目を白黒させる。「何も知らないくせに、よくそんなことが言えるわね。私がブロンドかどうかもわからないのに！」

男の視線がアリーの毛糸の帽子にさまよう。ありがたいことに、髪は一本も出ていない。彼は視線をアリーの顔に戻した。

「間違いない、ブロンドだ」アリーの目をじっと見つめる。「僕はブロンド通なんだ。本物のブロンドだけがすみれ色の目をしている」

ブロンド通？

「それで、ブロンドなら頭が空っぽなの？」アリーは怒りに震えながら抗議した。「あなたって不愉快きわまりない人ね！　女を見下して、ばかにして、そのうえとんでもない偏見の塊で――」

「了解。僕も君が好きだよ」彼はにこやかに返し、ここで話は終わりとばかりに渓谷に目をやった。少年たちをどうやって救出するか考えているのだ。

「ねえ」アリーは大きく息を吸い、穏やかに言った。「私は女だけど、この山のことはよく知っているの。力になるわ、信じて」

しかし彼が信じていないのは明らかだった。「君は背が高くないし、体重も軽そうだ。そんな筋肉では、あの子たちをとても助けられない」

「救助は筋肉と関係ないわ」

「そうかな。水かさが上がっていると指摘したのは君だぞ。もしも少年のどちらかが川に落ちたら？　君は図体《ずうたい》の大きなティーンエイジャーを引っ張り上げられるのか？」

アリーは十まで数えた。足りない。さらにもう十数える。「だから助けを呼ぶのよ。あなたが下の様子を見てくれれば私が呼ぶと言っているでしょう」

彼はあきれ顔で笑い、ロープに注意を戻した。

「だめだ。風がひどくなって足元もよく見えない。どうしても一人で行きたいなら、僕を殺して行け」

アリーは歯ぎしりした。いい考えだわ！「来るときだって一人で来たのよ」

「だから一人で帰れるとは限らない」彼はロープを縛るため手袋を外した。

アリーは男の言ったことを無視して、彼がリュックから出したものを眺めた。「本気で崖を下りるつもりなら、ここはやめたほうがいいわ」

「僕に懸垂下降を指南するのか？」

「そうよ」アリーは彼をにらみ返した。どうせ女に教わることなど何もないと思っているのだろう。傲慢な態度は癪《しゃく》に障るが、きっと彼ならどんな難しい離れ業もこなしてしまうに違いない。豪胆で体力もありそうだし、ここに並べた道具を見ても素人ではないことがよくわかる。だがアリーほど、この場所に詳しいわけではない。こんなところを下りたらどうなることか。

「もっと上流から下りたほうがいいわ。この下は六メートルの滝よ。その下には別の滝もあるわ。二段になっていて、乾いているときしか歩けないの」

男はじろじろとアリーを観察した。「まるでこの崖を下りたことがあるみたいな口ぶりだな」

「驚いた？　ブロンドですみれ色の目でも下りられるんだから」

「まさかロープで？」

アリーは頭の空っぽなブロンドよろしく目をぱちぱちさせた。「ええ。その気になれば、読み書きだってできるわ」

「わかったよ。僕が悪かった——」

「あら、あなたでも間違うことがあるの？」思いきり皮肉り、ロープを握って彼の胸に押しつける。「この山のことならなんでも知っているわ。こういう天気のときの渓谷はとんでもなく危険なの。もっと上に行って。滝の右側に岩が平たくなっているところがあって、そこなら安全でロープも引っかからないわ。ちなみに私は百六十七センチ、五十五キロ。女性の平均以上よ。あなたほど筋肉はないけれど、体力は十分あるし、ワンピースで山を下りて救助隊を連れてくることだってできるわ」

返事を待たずにアリーは彼のリュックを持ち、さっさと歩き始めた。彼がついてくるのがわかる。

「ここがいいわ」できるだけ崖から離してリュックを置く。「そこにアンカーを打って」

アリーの視線を追うと、岩が突き出たところがあった。「君は一人っ子か？」

「えっ？」

「きっとそうだな」首を振ってリュックからテープスリングを引っ張り出す。

「どうして？」

「君みたいな子がいたら心配で、ほかの子なんか持てないよ。だから一人っ子か末っ子じゃないかと思って」

アリーは心ならずも笑ってしまった。「末っ子よ。一緒に下りてあげましょうか？」

「ヘルメットは持っているのか？」

「いいえ」

「じゃあ、だめだ。今は君に躾《しつけ》をしている暇はない。救助が先だ。本当に迷わずに行けるなら救助隊を呼びに行ってくれ」

「迷う？　この私が？　どこまで女を信用しないのかしら。これまでつき合った女性はいるの？」

「リストが欲しいか？」アリーは舌を噛《か》み切りたくなった。訊《き》くんじゃなかった。これほどのハンサムなら、よちよち歩きを始めた日から女性が血みどろの戦いを繰り広げていただろう。

すばやく話題を変える。「けが人を無理に動かしちゃいけないのは知ってる？」

「救命措置の指南までしてくれるのか？」

「違うわ。私は医者で――」

「医者か」彼の目つきが変わった。

「まさか、女だてらに、なんて言うんじゃないでしょうね」

「いつそんなことを言った？」

もちろん言っていない。彼の顔つきからすると、ひょっとしたらこれまでの発言もからかっていただけなのかもしれない。こちらが踊らされていただけなのかも……。

「いいから、君は救助隊を連れてきてくれ」彼は穏やかに言った。「僕も医者だ。安心しろ」

安心？　安心なんかできるものですか。それに、ちっとも医者らしくない。まるで特殊部隊の兵士だ。

彼はもう一度アンカーを確認し、ヘルメットをかぶり直した。続いて昔ながらのやり方でロープを体に巻きつける。

「それじゃやりにくいわ」

「わかってる」彼は苦笑した。「でも道具が足りないんだ」

「大丈夫？」

「ああ」笑いながら答える。「だてに若いころ無茶したわけじゃないからな」

「そう……。気をつけて。この崖は手ごわいわよ」

「やれるよ。君こそ本当に一人で行けるのか？　女性を一人で行かせるのは気が引けるが……」

アリーは猫なで声で言った。「あら、それよりご自分の心配をしたら？」

この人が魅力的なんてありえない。布きれを一枚やって石器時代に送り返してしまいたい！

「あなたは女性みんなに偏見を持っているの？　それとも、ブロンドだけ？」

彼はアリーの気持ちを瞬時になだめるようなセクシーな笑みを浮かべた。「誤解しないでくれ。僕はブロンドには目がないんだ、本来はね」

「そう！　どうせそのブロンドはキッチンのシンク

に縛りつけられているんでしょう」

「専業主婦ってことか？」彼は妖しく目を輝かせた。

「まさか。君が僕の妻なら、キッチンなんかに置くもんか」

もしも彼の妻なら――。

アリーは彼の黒い目に吸い寄せられそうになった。だめよ。私はこの人の妻じゃないし、興味もない。私にはチャーリーがいる。退屈でも安定した人生があればいい。それがいちばん大切だ。

「寝室に入りたいなら、チョコレートを持って窓から忍び込まなくちゃね」アリーは動揺を隠し、憎まれ口を叩いた。だが彼のにやけ方を見ると無駄だったようだ。

「いいかい、偏見なんかないよ。こんな天気に女性を一人で歩かせるのは男の沽券《こけん》に関わると思うだけさ。たとえ彼女にガッツがあったとしても」

「残念ながら男の沽券で人は救えないわ」アリーはずばっと指摘し、気持ちを切り替えて犬のヒーローを呼び寄せた。「さあ、ここで待っているから行ってきて」

男はうなずき、軽々と身を躍らせて崖の向こうに消えた。確かに慣れている。でも私は子どものころからやっているのよ、とアリーは思った。そして待つこと数分。はるか下のほうから彼の声が聞こえた。

「いたぞ。一人は鎖骨骨折だが、ほかは大丈夫そうだ。もう一人は頭を打っていて意識がない。脛骨《けいこつ》と肋骨《ろっこつ》も折れているみたいだな。急いで救助隊を呼んできてくれ。くれぐれも気をつけろよ！」

「わかったわ！」アリーは叫び、全速力で山を下りた。間に合えばいいけれど……。

救助隊を連れてくるのに二時間、それからけが人を渓谷からつり上げるのに一時間かかった。

三角巾で腕をつった最初のけが人を見て、アリーは目を丸くした。「アンディ！」

アンディは首まで真っ赤になった。

「すみません、ドクター・マグワイア」

「なぜロープをつけなかったの？」

アンディは目をつぶって首を振り、痛みに顔を歪《ゆが》めた。「いらないと思ったんだ。間違ってました」

「そうだとも」救助隊リーダーのジャック・モーガンが言う。救助プランを立てるのは彼の役目だ。

「もう一人の子はなんて名前だ？」

アンディは身じろぎした。「ピート……ピート・ウィリアムズです」

「ピート！」アリーは崖に飛びつき、これから上がってくる二つ目の担架を見下ろした。無線では、その子のほうが重体だと言っていた。

ピートとは長年のつき合いだ。彼が糖尿病とわかったときから。以来、ピートは病気を無視して数々のトラブルに身を投じては、自分がほかのティーンエイジャーと変わらないことを証明しようとしてきた。その結果がこれだ。どうか無事でいてくれますように。

「重傷だな。ヘリを頼みたいが、この天気じゃ無理だ。歩いて運ぶしかない」ジャックは二つ目の担架を地面に下ろすのを手伝った。下で指揮を執っていた男をちらりと見て、すぐに驚いて二度見した。

「ニコルソン！」満面の笑みでヘルメットを持ち上げる。「やっぱりそうだ。ショーンじゃないか！」

アリーは突風に吹かれて足を踏ん張った。霧は晴れてきたが、風は強まる一方だ。「知り合い？」

ジャックが笑う。「ああ。まさかショーンとはな。アリーからいかれたマッチョ野郎がロープで下りたと聞いたときは、てっきり観光客だと思ったよ」

「ジャック！」アリーは目をつぶった。そっとまぶたを開くと、ショーンは笑っていた。怒ってはいないようだ。

「元気だったか？」ジャックは続けた。「今回はなぜここに？」

「例によって神出鬼没さ」ショーンは手袋を引き抜き、少年を診察した。「まさかジャックが救助隊のリーダーとはな。この子の状態はひどいぞ。頭を打って意識もとぎれがちだ。肋骨が折れていて、脛骨の開放骨折もある。固定は下でやってきた」

「了解」ジャックは担架の少年を沈んだ顔つきで眺めた。「ほかには？」

「滝で濡れて低体温症の一歩手前だ。それから右足の捻挫。この運動靴なら無理もないな。寝袋で保温はしたが、早く点滴して下山したほうがいい」

「雨降りのあとに運動靴だと？」ジャックが首を振り、ショーンに訴える。「相変わらず不届き者どものせいで救助隊は大忙しだ。家でテレビでも見ていてくれればいいものを」

「今日は水曜だから何もやってないよ」道具係のテッド・ウィルソンが口を挟む。差し迫った状況でもテッドのユーモアは健在だ。

アリーは担架の脇にひざまずいた。「ピート、聞こえる？」

少年は青ざめて身動きもせず横たわっている。

「この子を知っているのか？」ショーンが尋ねると、アリーは涙ぐんだ。かわいそうなピート。

「ええ、私の患者さんよ」

「地元の子か」ジャックがあきれて首を振った。だがいらだちより心配が勝っているのがわかる。「観光客ならまだしも地元の子とはな」

ピートはただ自分の力を証明したかったのだ。アリーはそう言いたかったが、秘密を明かすことはできない。代わりに彼が糖尿病であることを告げ、救命に全力を尽くした。うめいて薄目を開けたピートは、苦労してみんなの顔に焦点を合わせた。

「ピート」アリーは手袋を取って温かい手で少年の

顔をなで、脈を取った。少なくとも意識は戻った。

「ひどいけがよ、でも心配しないで」

「アリーはお人よしだな。なだめるより叱らなくちゃいけないのに」ジャックはショーンに小声で言い、無線機で指示を追加した。

「ごめんなさい」ピートはかすかに咳《せ》き込んだ。

アリーは顔を曇らせた。とても悪そうだ。唇は紫色で、呼吸も不規則だ。不安そうにショーンを見る。

「どうした？」彼はすぐさま隣に来てしゃがんだ。出会ったときとは別人のようだ。だが動じないのは相変わらずで、アリーはそれを頼もしく感じた。とにかくピートが心配だ。

「先生」ピートは息も絶え絶えに言った。

「ピート、力を抜いて」アリーはそばにいた二人の隊員に言った。「起こすから手伝って」

体を起こすと呼吸がいくらか落ち着いた。

アリーはショーンに言った。「気胸かしら？」

「可能性はあるな。肋骨が何本か折れているから」

そのどれかが肺に刺さったのだろう。

「どうした？」ジャックが来た。ショーンが立ち上がって説明する。

その間、アリーはピートを励まし続けた。ファスナーを少し下げ、首に触る。やはり気胸の特徴が認められた。彼女はピートに笑いかけ、立ち上がった。

ジャックと相談をしているショーンの腕を引く。ジャケットの上からでもその筋肉の硬さが感じられた。「気管の位置に問題があるわ。早く山から下ろさないと」

ショーンは反対した。「だめだ。途中で呼吸困難になるぞ。ヘリじゃなく歩いてここを下りるとなると、とても持たない」

ジャックが眉根を寄せる。「なら、どうする？」

「胸腔《きょうこう》ドレーンを入れよう」ショーンは医療器具を運んでいる救助隊のメンバーを呼んだ。

「使い捨てのならあるぞ。一度も使ったことはないが」ジャックが言う。

ショーンがクールに笑った。「だったらいいチャンスだ。使うところが見られるぞ」

「ほかに必要なものは？」ジャックが訊いた。淡々とした態度はさすがリーダーだ。

「局所麻酔薬とメス」

アリーはショーンの腕を引っ張った。「ちょっと、ドレーンを入れるなんて本気で言っているの？　ここでは無理よ」

「ほかに手があるか？」ショーンは厚手の手袋を外し、長くて力強そうな指を曲げ伸ばしした。

「ないけど」すでにピートの唇は紫色になっている。「でも、こんな山の上じゃ……死んじゃうかも」

ショーンはアリーを脇へどかし、麻酔薬を受け取った。「何もしなければ確実に死ぬ。どんどん息が苦しくなってきている。見ろ」

「でもそれは、緊急時の処置でしょう？」

ショーンが唇を歪め、注射器のキャップを外した。

「今がその緊急だ」

アリーは自信満々でピートのほうへ歩み寄るショーンを見て、不安をもみ消そうとした。確かにそうだ。選択の余地はない。

アリーもピートの脇にしゃがみ、ありったけの自信をかき集めた。本当にショーンにはそんなことができるのだろうか？

「なるべく服は脱がせるな」ショーンが小声で指示する。「体温が下がりすぎている」

アリーは注意深くピートのジャケットを脱がせ、目の隅でショーンが滅菌手袋をつけるのを確認した。

「ジャック、頑丈なはさみはある？」

はさみが手渡されると手早くピートのセーターやシャツを切り、肋骨部分に当たる服に穴を開けた。

「名案だ」ショーンが隣で局所麻酔を打つ。「着たままのほうが温かい。ジャック、酸素を頼む」

「ああ」ジャックはショーンにマスクを渡した。

「笑気ガスは？」

アリーは首を振り、ショーンに場所を譲った。

「だめよ、笑気は緊張性気胸になりやすいから。ほかに鎮静剤は何があるの？」

「見てみる」ジャックは姿を消したが、すぐに戻ってきてアリーの手に注射器を押しつけた。「これでいいか？」

アリーはラベルに目を走らせた。「ええ」

「ショーン、いったい何をしているんだ？」ジャックがピートを見下ろした。「こんなの初めて見るぞ」

アリーもだった。少なくとも救命救急の研修以来見ていないし、まして悪天候の山の上では初めてだ。クリニック勤めで外傷外科ではないアリーには縁のない処置だった。ショーンの専門はなんなのだろう？　ちっとも慌てていない。もっとも、何事にも慌てないのが彼なのだろうけれど。狂いのない手つきとこの余裕。あまりに迅速で正確な処置に、アリーはひたすら感心して見入った。

「鎮静剤を打ったわ」使い終わった注射器を隊員の一人に渡し、かじかんだ手をほぐす。「薬が効いているうちに点滴ラインを確保する」

ショーンがうなずく。アリーは針を受け取った。このかじかんだ手でちゃんと血管に入れられるかしら。ためらいつつもピートの腕を見つめ、決心した。

「ジャック、ここを強く握っていて」

ジャックがピートの腕を握る。アリーは針を刺す場所を軽くはじき、幸運を祈った。無事にカニューレを取りつけ、安堵《あんど》のため息をつく。

ショーンが笑った。「よし、早く手袋をしろ。麻酔と消毒は完了した。いや、寒いな！　今からここを切るぞ。ピート、すぐ楽にしてやるからな」

ショーンは正確なメスさばきで切開した部分に指

を入れた。

ジャックがアリーの横にしゃがむ。「ショーンは何をしているんだ？」

「肺が胸壁にくっついていないか確認したのよ」アリーはピートの手を握り、小声で答えた。

「大丈夫だ」ショーンはちょうどいい力でチューブを差し込んだ。「これでいい」

「ピート、咳《せき》をして」アリーが話しかける。

処置がうまく機能しているのを確認し、ショーンがつぶやいた。「やったぞ」立ち上がってジャックに言う。「ドレーンが肺より高くならないように注意してくれ。肺より高くなると液が逆流する」

ジャックはうなずいた。「点滴とドレーンを一人ずつに持たせよう。見事な手並みだな、ショーン」

アリーはドレーンをテープで固定し、胸の音を聴いて微笑《ほほえ》んだ。もう大丈夫。ジャックの言うとおり、見事としか言いようがない。この手並みを見るに何度か経験がありそうだが、嵐の冬山で行うのはさすがに初めてではないだろうか。

「なんだ？」視線を感じてショーンが眉を上げる。

「あなたの専門を考えていたの。産科ではなさそうね」わざとからかう。

「僕には分娩《ぶんべん》は無理だって？」

いや。この人ならなんでもやってのけるだろう。

「お見それしたわ、ドクター・ニコルソン」

「いかれたマッチョ野郎だけどな」

彼の言葉に、アリーは赤くなった。「私も悪かったけど、あなただって私のことを頭の空っぽなブロンドだなんて……」

「ああ、僕も悪かった。これでおあいこだな」

アリーは改めて彼の視線を感じ、自分が女であることを突然意識した。恥ずかしさを隠すためにピートの世話をしたが、ショーンはまだこちらを見つめている。その間に救助隊の支度が整った。

「ずいぶん早く呼んでこられたな。あの霧で君が迷わないか心配していたんだが」

ジャックが二人の顔を見比べる。「迷うって、アリーが？　アリーはこの前までチーム一の――」

「ジャック、用意できたわ」アリーは遮った。知らない男にプライベートなことをしゃべる必要はない。

「君もここの隊員だったのか？」ショーンが訊く。

「ブロンドだけどね」アリーは一矢報いた。

ショーンの目に賞賛の念が浮かんだ。だが、彼は休まず手を動かし続け、患者の支度を終わらせた。

ジャックが笑った。「アリーはベテランだぞ。ここいらの山のことは熟知している。袋をかぶったって迷わないだろうな」

「袋か。いいアイデアだな。彼女を黙らせたいときはそうしよう」ショーンはクールに言って手袋と防寒用マスクをつけた。「よし、みんな、出発だ！」

2

ふもとの救急車にたどり着くまで一時間近くかかった。アリーとショーンの指示のもと、担架が車内に収容される。

アリーはこっそりショーンを盗み見した。精悍《せいかん》な横顔を眺め、しっかりした鼻と無精ひげの伸びたあごに目を留める。

「二枚目だろう」救急車から離れながらジャックが言った。

アリーはわざと気のなさそうな笑みを浮かべた。

「チョコレートが好きならいいかもね」

「チョコレート？」ジャックが目をぱちくりする。

アリーはいたずらっぽく笑った。「ほら、ＣＭがあったでしょう。男の人が海に飛び込んだり、山に登ったり、スカイダイビングしたりして、最後に女性にチョコをプレゼントするの……覚えてる？」

「ああ、あれか」ジャックも笑った。「ショーンはまさにあのタイプだ。女はみんなほっとかないよ」

もっともだ。この世にショーン・ニコルソンに惹《ひ》かれない女性などいるわけがない。黒いまつげに縁取られた、一見無関心そうでクールな目元が、怒ったり笑ったりしたときの表情の豊かさ。

アリーの視線に気づいたのか、ふいにショーンが振り返った。もの問いたげに眉を片方つり上げる。メンバーの一人に何か言い置き、アリーとジャックのほうへ近づいてきた。「ジャック、ちょっと外してくれ」

ジャックは小首を傾《かし》げ、口笛を吹いて仲間のほうへぶらぶらと歩いていった。

アリーの胸は高鳴った。のぼせたティーンエイジャーみたいに見とれているからこうなるのよ。「あなた、ジャックとはどういう知り合いなの？」服の中に首を縮める。寒いからか、ショーンが怖いからかは、わからない。彼といると落ち着かないのだ。

「そんな話をしに来たんじゃない」

アリーは肩をすくめ、救急車を眺めた。「じゃあ、何を話したいの、ドクター・ニコルソン？」

「僕らのことだ」

どきっとして振り返る。「えっ？」

彼は手を伸ばし、アリーの帽子を取った。ブロンドのカールが肩の上に落ちる。彼はにやりとした。

「やっぱりな。半分は当たった。頭は空っぽじゃないけどね」

アリーは帽子を取り返し、大きく息を吸った。今こそ頭が空っぽになった気がする。「ショーン――」

「もう一度会ってくれ」

鼓動が激しくなる。なんてストレートなの。〝よかったら〟とか〝できたら〟とかそんな前置きはないのだから。だけど、きっとこれがショーンなのだ。欲しいものは必ず手に入れる。

アリーはあごを上げ、わざととぼけた。「懸垂下降、または、救命措置を習いたくなったの？」

ショーンは笑い飛ばした。大きな体がほかの隊員たちの好奇の目を遮る。「どっちでもない。君が欲しいんだ、ドクター・マグワイア」

手のひらが汗ばみ、息が苦しくなる。「人の気持ちも訊《き》かないで」

大胆に値踏みするような視線がアリーを探る。

「君も僕と同じ気持ちだ。それを認める勇気がないだけで」

アリーは催眠術にかかったように動けなくなった。まさか、そんなわけないわ。私にはチャーリーがいる。刺激はないけれど安定した暮らしがあるのだ。

「私が独り身だと思っているの？」

ショーンの顔に緊張が走る。「誰かいるのか？」

「ええ」

「君を一人で山へやる男なんか振ってやれよ。恋人を守らないやつに値打ちなんかない」

「私はチャーリーの所有物じゃないわ。誰にも守ってもらわなくて結構よ」

「なるほど」

「ショーン、引き揚げるぞ！」ジャックが叫んだ。

「この続きは、また今度だ」

ショーンが救急車に向かって歩きだす。また今度？　アリーは震える手で帽子をかぶった。もう二度と会いたくない。百歳まで生きたって。彼といると、とても自分が無力に思えるし、これまで胸に閉じ込めてきた何かが呼び覚まされそうで怖い。そんなものは無用だ。私にはチャーリーと、刺激はないけれど安定した未来があるから。それで十分だ。

「ママ、それで、男の子たちは助かったの？」

「誰から聞いたの？」アリーはお茶を飲みながら、出かける前にすべきことを頭の中で整理した。朝はいつも大忙しだ。

「ジャックおじちゃん」小さな女の子がコーンフレークの箱に手を突っ込む。

「シャーロット・マグワイア、いけません！」アリーは箱を取り上げ、トーストを娘のチャーリーのほうに押しやった。「足りないならパンを食べなさい」

青い目がアリーをにらむ。「トースト嫌いだもん」

アリーは大きく息を吸った。食事は楽しく、と心に言い聞かせる。「昨日は好きだったでしょう」

「今日は大嫌い」チャーリーは顔をしかめたが、肩をすくめて言った。「でも一枚だけならいいわ。おうちの形にしてね。なんで死にそうになったの？」

アリーはトーストにバターを塗り、家に見立てて窓とドアをくり抜いた。「誰が？」

「その男の子たち」ご機嫌でパンを頬張る。大嫌いと宣言したことは忘れたようだ。「ジャックおじちゃんがおばあちゃんに言ってたよ。ママがいなかったら二人とも死んでたって」

「その男の子たちは、出かけるときにちゃんと支度をしなかったのよ」あとでジャックに、五歳の子によけいなことを言わないように言っておかないと。アリーは食器をシンクに運んだ。

「ママがいなかったら、どうして死んでたの？」

もう！「とても寒かったからよ。寒すぎるとみんな死んじゃうの。でも二人とももう大丈夫よ。だから早く学校の用意をして」

だがそう簡単にいかなかった。「カレンは外で遊ぶとき、コート着ないよ。カレンも死んじゃう？」

「死なないわ」手を拭きながら答える。「男の子たちは滝で濡《ぬ》れたの。山の上は学校より寒いしね。さあさあ、早く歯を磨かないと遅刻よ」

　チャーリーはスツールから滑り下り、スキップで階段に向かった。

　アリーは安堵《あんど》のため息をついた。ああ、なんでも訊きたがる五歳の子って、なんて大変なの！

　コートと通学バッグをつかみ、小さな愛車に乗り込むと、少し離れたカレンの家に娘を連れていった。

　カレンの母親のティナが出てきた。

「おはよう」ティナが満面の笑みでチャーリーの頭をなでる。チャーリーはキッチンで朝食をとっているカレンのもとへ走っていった。

　アリーはすまなそうに言った。「ティナ、ありがとう。なんてお礼を言えばいいのか――」

「気にしないで。それより早くしないとクリニックに遅れるわよ。それから土曜日はハロウィンパーティよ。忘れないでね。来られる？」

「私は仕事だけど、母に連れてきてもらうわ」

　ティナにハグをしてから、急いで車に戻った。こんなに親切な友達がいて幸運だ。毎朝チャーリーを学校に連れていってくれるのだから。アリーがクリニックに遅れずに行けるのはティナのおかげだった。放課後は両親がチャーリーを学校に迎えに行き、クリニックが終わるまで預かってくれる。クリニックのボスのウィル・カーターが気をきかせてくれるおかげで、夜と日曜日の当番はないし、どうにかこれで母子の生活は回っている。チャーリーのためにもっと家にいてやりたいのはやまやまだけれど。

　一抹の寂しさが胸を貫いたが、アリーはそれを心の隅に押しやった。これでよかった。これが最善の方法だったのだ。

　クリニックに移動すると、ちょうどウィルの車も入ってきたところだった。

「おはよう、アリー！　チャーリーは元気か？」

「ええ、なんでも知りたがって大変よ」

　ウィルは笑った。「これからもっとひどくなるぞ」

「あーあ」アリーも笑顔を返す。アリーはウィルが大好きだった。ウィルはもうじき定年だが、このクリニックを立ち上げ、カンブリア中で有名にした人物だ。ウィルがいなければ、アリーはチャーリーの誕生にまつわる複雑な事情を乗り越えることはできなかっただろう。「土曜日にお友達のカレン・バトラーの家でハロウィンパーティがあるの。二人とも大はしゃぎよ」

　ウィルは建物のドアを開けてアリーを通した。

「土曜日は仕事じゃないのか？」

「大丈夫よ」アリーは耳にブロンドの髪をかけた。「母に連れていってもらうから」

「いいのかね？」

　広々とした受付のほうへ足を運びながら、アリーは答えた。「ええ。心配してくれてありがとう」

　頼めばウィルが代わってくれることはわかっていたが、それは避けたかった。ウィルにはただでも迷惑のかけどおしだ。

　ウィルは受付の女性にいつもどおり笑顔で挨拶し、アリーとスタッフルームに向かった。

「そういえば、土曜日にトニー・マスターズのディナーパーティがあるぞ。よかったら――」

「遠慮するわ」アリーは聞かないうちから断った。ウィルと二人きりになると、いつもこうだ。すぐキューピッドになろうとするのだ。気持ちはありがたいけれど。「婚活パーティには興味がないし、今の暮らしが気に入っているの。気を回すのはやめて」

　ウィルは顔をしかめ、電気ケトルのスイッチを入れた。「アリー、チャーリーのために自分を犠牲にすることはないぞ」

「犠牲とは思っていないわ」アリーはコートを脱いでコート掛けにかけ、コーヒーを注《つ》いで診察に向かうべくドアの前に立った。

「犠牲だとも。人づき合いもいっさいしない。あのろくでなしのせいで生活だって――」

「でも食べていけるわ。そこが重要よ」アリーは笑った。「子どもに必要なのは愛情と安定。贅沢《ぜいたく》じゃないわ。私たち、幸せなの。心配しすぎよ」

「何を言うか。ちゃんとした男と結婚しなさい」

「そう言うけど」アリーの青い目が怒りを帯びる。「世の中にろくな男はいないもの。だから家族は自分で養うことにしたのよ」

「おかしな話だ。君ならもっと幸せになれるのに」

ウィルが悲しげにつぶやいた。

アリーはウィルのそばに戻って彼の頬にキスをした。「ありがとう。みんな、あなたみたいに親切ならいいんだけど」

「しかし、もしいい男がいれば――」

「この話はもうおしまい。私、診察に行くわ」

「わかったよ、でも待ってくれ。患者のことで話がある」

アリーはスイングドアに手をかけたまま立ち止まった。「誰の患者？」

「君だ。昨夜《ゆうべ》ケリー・ワトソンを往診してきた。喘《ぜん》息《そく》の発作でな」

「また？」アリーはため息をつき、一度開けたドアを閉めた。「今月になって二度目よ。入院したの？」

ウィルはうなずいた。「まったく！ しかも母親までパニックに陥っていた。今日病院に電話したら、退院前にステロイドをもっと出すと言っていたぞ」

「薬は足りているはずよ」

「ちゃんと使っておらんようだな」

「なぜ？」九歳の少女があえて薬を拒絶する理由があるだろうか？ 「反抗期には早すぎるけど」

「わからん。ちゃんと処方された量を守れば発作は起こらんはずだが。ルーシーに確認してくれ」

看護師のルーシー・グリフィスが喘息外来を担当している。彼女に訊けばすぐにわかるはずだ。

「わかった。ケリーに吸入の方法も指導するわ」

「頼んだぞ。その後、ピート・ウィリアムズは？」

アリーは目を見開いた。みんなに知れ渡っているの？「なぜピートのことを？」

「この私に隠し事はできんよ」ウィルは人差し指を振って笑った。「昨夜、〈野うさぎと猟犬《ヘア・アンド・ハウンズ》〉でジャックと会ったんだ。大変な救助だったそうだな」

「ええ」ショーン・ニコルソンのことが頭に浮かぶ。なぜこんなにしょっちゅう彼のことを思い出すのだろう。「私も診察の前に電話してみようと思っていたの。昨夜かけたときはまだ手術中だったから」

「ピートみたいないい子がなあ」

「そうなの。様子を見て行ってみるつもりだけど」

そこでアリーが出ていこうとすると、ウィルがさらに呼び止めた。「それがいい。ところで……」微妙に視線をそらす。「今日はお昼を一緒にどうかね？　クリニックのことで二、三、話があるんだ」

クリニックのことで？　なんだろう。アリーはそのままスイングドアをすり抜けた。まあいいわ、それはあとで。それよりケリーはどうしたのかしら。

治療室でルーシーを発見した。喘息外来の準備をしている。

「ケリーのことだけど」

ルーシーはきれいな顔を曇らせてうなずいた。

「ああ、ステロイドを増やすって話でしょう」

アリーは壁にもたれ、眉根を寄せた。「最後に吸入指導をしたのはいつ？」

「前回の発作のときよ」ルーシーがカルテをめくる。「それで呼吸を測定して治療の方針を立てたの。母子ともに了承を得たと思っていたんだけど」

「そうじゃなかったのかしら。何か思い当たることはある？」

患者の事情をいちばん把握しているのはルーシーだ。「当たっていないかもしれないけど、お母さんと関係があるんじゃないかしら」

「お母さん？　でもお母さんは治したいと思っているはずでしょう？」

　ルーシーは顔をしかめ、机をペンで叩《たた》いた。「そうなんだけど、でもいつも薬の使用に消極的なの」

「それはわかるわ。薬といえば用心するものよ」

「まあね」ルーシーは肩をすくめた。「とにかく呼んでみる。あとで報告するわ」

「ありがとう」アリーは背筋を伸ばして微笑《ほほえ》んだ。

「それじゃあ、よろしくね」

　外来は混んでいた。咳《せき》や風邪、耳の感染症の患者がひっきりなしに訪れるなか、アリーはわずかな隙を見てピートの様子を問い合わせた。いくらか落ち着いたそうだ。よかった！　退院したらよく言って聞かせないと。とりあえず顔を見に行ってこよう。

　次の患者は若い女性だった。三十歳の彼女は、前に妊娠したときからアリーにかかっている。

「こんにちは、ジェニー。双子ちゃんは元気？」

　ジェニー・モンローは笑った。「大変よ。はいはいはまだだけど、どこにでも転がっていくから目が離せないの」

　アリーは椅子の背にもたれ、チャーリーの赤ちゃん時代を思い出した。「確かに悪夢だったわ」アリーの場合、悪夢はそれだけではなかった。むしろチャーリーの成長は喜ばしい出来事だったが……。

「今日は母に預けてきたわ」ジェニーの表情が曇る。「脚に妙なものができたの。皮膚がんじゃないかと心配で」

「ちょっと見せて」

　ジェニーがレギンスを下ろす。アリーはジェニーの脚のほくろを観察した。頭の中で警報が鳴る。形がいびつで黒と茶のまだら――悪性黒色腫の特徴だ。

「ジェニー、日光に当たるのは好き？」アリーは引き出しから定規を出し、ほくろの大きさを測った。

「ええ、いつもじゃないけど。でも肌を焼くのは好きよ。気持ちいいから」

それに向いている肌ならいいのだけれど。ジェニーのような色白のタイプは強い日光に当たらずにいたほうがいいのだ。

「お仕事はなんだったかしら？」

「銀行員よ」

「お休みは外国に？」

「ええ、マイクと二週間、南の国に出かけるの」

オフィス勤めで年に二週間の日光浴。いちばん悪いパターンだ。

「なぜほくろの大きさを測るの？」

アリーは紙に数字をメモした。「来てくれてよかったわ。妙なほくろはよく調べたほうがいいから」

「やっぱり怪しい？」

「取ったほうがいいわ」

ジェニーが唾をのむ。「がんってこと？」

「顕微鏡で調べるまでなんとも言えないわ」

「でも、そうかもしれないの？」

「可能性はあるけど、まず専門の先生に診てもらいましょう」

「それでがんだったら？」

アリーはジェニーの手を握り締めた。「違うかもしれないわ。それは結果を見てから考えることよ」

ジェニーは大きく息を吸った。「わかったわ。それで、検査はいつ？　心配で一睡もできないわ」

アリーは病院の電話帳を取った。「これから形成外科のドクター・ゴードンに電話して、今週中に診てもらえるよう手配するわ」

「形成外科？　皮膚科じゃないのね」

「ほくろの除去はどちらでもいいの。ドクター・ゴードンはとてもいい先生よ」

ジェニーは青ざめながらも微笑んだ。「少なくとも、すぐやってもらえそうね。入院は必要？」

「いいえ、局所麻酔で日帰りできるわ。家で結果を待ってね」

ジェニーはうなずいて立ち上がった。「とにかく待ってってことね。ありがとう、ドクター・マグワイア」

患者が帰ると、アリーはどっと落ち込んだ。きっと悪性だわ。あの若さで子ども二人いるのに……。

やり場のない怒りと悲しみは脇に置き、ドクター・ゴードンの秘書に連絡して予約する。そこで時間を見てはっとした。ウィルとお昼の約束があった。

パソコンを切り、ブロンドの髪をなでつけてスタッフルームに向かう。この髪はすぐほつれる。結い直してから行こうかしら。でもどうせいつものメンバーだし、ますます遅刻するから……。

「ウィル、ごめんなさい。予約外の患者さんが二人来て――」アリーはドアを開けて固まった。ショーン・ニコルソン！　きれいにひげを剃《そ》り、おしゃれなズボンとジャケットを着こなしたショーンが、鷹《おう》揚《よう》な笑みを浮かべて座っている。

ウィルは喜色満面だった。「アリー、新しいドクターを紹介しよう」

アリーは驚きのあまり言葉を失った。

ショーンが顔をほころばせ、口を挟む。「僕らは初対面じゃないよ。やあ、アリー、また会ったな」まだ記憶に新しい、あの深みのある皮肉っぽい声だ。

ショーンは最初から知っていたの？　だから住所を訊かなかったの？　ジャックが何か言ったのだろうか？　疑問がぐるぐる渦を巻く。こんな人と働くなんて冗談じゃないわ。だって――。

「ほう、知り合いか」ウィルはほくほくしてアリーを手招きした。「どこで会ったんだい？」

アリーはけげんそうにウィルを見た。そういえばウィルは、昨日ジャックに会ったと言っていた。ショーンのこともそのとき聞いたに違いない……。

「山でね」ショーンは改めてアリーを眺めた。「崖を下りるのに彼女がアドバイスしてくれたんだ」

ウィルはおかしそうに笑いながら、ローテーブルにコーヒーのトレーを置いた。「そういえば君たちは共通点が多いな。職場でも気が合いそうだ」

百年経《た》ってもありえないわ。彼はいちばん苦手なタイプだ。傲慢でハンサムで女を見下している。しかも強引だし。この人と働く？　冗談でしょう。仕事が手につかない。

ショーンはまだアリーから目を離さなかった。

「アリー、サンドイッチはどうだい？」

サンドイッチ？　喉につまるわ！

「女医はお嫌いでしょう」アリーはそばの椅子にどさっと腰かけた。緊張して脚が動かないので、座るか倒れるかしかなかった。「特にブロンドは」

「いや、大歓迎だよ。ブロンドならなおいい」

なんて人！　そのとき、彼の目が笑っているのがわかった。またからかっているのね。その手には乗るもんですか。アリーは余裕たっぷりにサンドイッチに手を伸ばし、わざとウィルのほうを向いた。

「ティムの代わりが見つかるまでショーンに来てもらうことになった。当院に最適の人材だ」

「反対の意見もありそうだけどな。女の敵が来たって」ショーンがまたからかう。

「君は軍隊上がりだし、否定はできんな。だが、なんだかんだ言って女性は男らしい男が好きなんだ」

アリーはウィルの発言の後半部分を無視して訊いた。「軍隊にいたの？　軍隊で医学を？」

「いや、除隊後だ」

軍隊にいたのは想像できる。短髪とちょっと曲がった鼻。何度も殴られたのだろう。間違いなく、倍の力で殴り返したはずだけれど。

「専門は？」

「外傷外科」

愚問だったことをアリーは認めた。昨日の処置を思い出す。どうりで落ち着いていたはずだ。ウィルが彼を欲しがるのも無理はない。

「それで、ショーンに中小事故外来を頼むの？」

ウィルが顔を輝かせる。「そのとおりだ」

嫌だけど仕方がない。人が必要なのは確かだし、彼と一緒に働かされるわけではないから。

「そう。それだけ外傷の経験が豊富なら助かるわね」アリーはわれながら事務的に言えたことに感動した。「中小事故外来を始めてから大忙しだったの」

ウィルが説明する。「中程度の事故までなら、うちでカバーできるようにしたいんだ。みんな遠くの病院に行かずにすむからな。ショーンは適任だよ」

「しかし、短期という契約だ」ショーンが念を押す。

ウィルは外の景色に目を投じた。「もちろんだ」

「ウィルは策士だからな」ショーンが笑う。

ウィルは微笑んだ。「このクリニックのためなら手段は惜しまんさ。よろしく頼むぞ、ショーン」

「外傷のプロなら、クリニックはもの足りないかもね」アリーの言葉に、ショーンは肩をすくめた。

「僕もそう思ったが、昨日の救助で気が変わった。また新たな挑戦だよ。短期だけどね」

長くいるつもりはないらしい。よかった！

アリーはコーヒーに口をつけた。「病院に電話してピートのことを訊いてみたの。とてもいいって」

ショーンはもう一つサンドイッチをつまんだ。

「運がいいな。あれだけばかなまねをしたのに」

特別な悩みを抱えているピートを、アリーは弁護した。「よく知らない子のことをそんなふうに言うものじゃないわ。それなりの事情があるのよ」

ピートは自分に何ができるか証明したかったのだ。

ショーンは首を振り、動じずにクールな声で言った。「もう少しで死ぬところだったんだぞ」

そうだ。ショーンがいなければ、ピートは確実に死んでいた。それでもアリーは、少年のことをろくに知らないショーンにとやかく言われたくなかった。

「運が悪かったのよ」

「ただのばかだよ」サンドイッチの包み紙をごみ箱に投げ込む。「あんな格好で行くなんて。君もだ」

「私は危ないことはしてません、ドクター・ニコルソン」

「そうか？　十一月に山の中を、その小さな体でほっつき歩いていたんだから、似たようなものだ」

「まだ十月よ」アリーは笑顔で訂正した。ウィルがわくわくしているのが気に入らない。喧嘩《けんか》しているのだから、もっと心配したら？　「言っておきますけど、体の大きさなんて関係ないわ。山で大切なのは装備と知識なの。私は知識があるから無理はしない。崖を下りるのにいい場所を教えてあげたのは私よ。忘れたの？　ジャックにも行き先は伝えてあった。犬もいて、必要な装備はしていたわ」

「君が僕の恋人だったら絶対に止めていたけどな」

アリーは息が止まりそうになった。

「私はあなたの恋人じゃないもの」

震える手を膝の上で組み合わせる。私は誰の恋人にもならない。ろくな男に出会わなかったから。わがままで身勝手で。ショーンも同じよ。男なんてこりごりだ。

ショーンがウィルに向き直って言った。「彼女は一人で山に行っていたんだ」

「アリーが？」ウィルは肩をすくめた。「アリーにとっては、ここらへんは庭みたいなものだからな」

「だが、あんな軽装でぶらぶら歩くのには反対だ」

ウィルはコーヒーに砂糖を入れた。「アリーは分別があるし、ヒーローもいるからな」

ショーンが目をぱちくりする。「ヒーロー？」

「どこにでもお供するジャーマンシェパードだよ」

「ヒーローか」ショーンは笑いだした。「それが犬の名前?」

「悪かったわね。私にとってはヒーローなの」

「犬がいたって一人歩きはよくないよ、ウィル」

ウィルはもう一つサンドイッチを取った。「だったら君がやめさせるんだな。アリーはここの山に詳しいし、救助隊にもいた。誰も止められん」

「本人のいる前で、いないみたいに話すのはやめて」アリーはサンドイッチを頬張ったが、なんの味もしなかった。「それよりショーン、ウィルとはどうやって知り合ったの? それから、なぜ救助隊の人たちと知り合いなの?」

「僕もここで育ったんだ」ショーンが言った。

「それで?」

ショーンは無表情になり、テーブルにコーヒーカップを置いた。「それだけだ」

「もっとほかにあるでしょう?」アリーは相手が心に壁を築いたのを感じながら、彼を観察した。「ジャックと学校が一緒だったとか、生まれたときウィルに取り上げられたとか」

ウィルがこっそりショーンの顔色をうかがう。

「君にそこまで関心を持たれているとは知らなかったよ」ショーンのハンサムな顔がこわばった。どうやら触れてはならない話題らしい。

「訊いてみただけよ」なぜ不機嫌になったのだろう。とにかく話したくないことはわかった。

「ショーンはこの間まで救命救急をやっていたんだ」ウィルが剣呑《けんのん》な空気をなだめるように言った。「救急医療の草分け的存在だ。軍隊で触発されてな、そうだろう?」

「ああ。何もない場所では限られた道具でけが人を助けなければならない」

どうりで昨日の救助も楽々とやってのけたわけだ。その彼に懸垂下降の仕方を教えようとしたわけだから、ウィルが笑ったのも無理はない。「懸垂下降は軍隊でさんざんやったのね」

ショーンは唇を歪《ゆが》めた。「ちょっとだけだ」

ウィルが足を投げ出す。「ところで、住む家は？」

「まだ決めていない」ショーンはサンドイッチを取った。「週末に探すんだが、どこかあるかな？」

「アリーが下宿人を募集しているぞ」りんごの皮をむきながらウィルが言った。

「募集なんかしていないわ！」

「フィオナがロンドンに帰ったから、誰か置きたいと言っとっただろう」

「言ったけど、フィオナは助産師で――」

「僕は分娩《ぶんべん》もやれるよ。それが条件なら」ショーンが言った。

「そうじゃなくて」いくらお金が必要でも、彼を下宿させるなんて絶対にだめだ。恋人ではなく娘がいることがばれてしまう。面倒は極力避けたい。

「嫌そうだな」

アリーは居心地悪そうに座り直した。ショーンがばかにしたように見ている。まるで私が臆病者みたいに。確かに男性が絡むとそうなのだけれど……。

「そんなわけないさ。来てくれれば助かるとも」ウィルが言う。「あの納屋には金がかかったからな」

「納屋？」ショーンが興味を示す。「納屋に住んでいるのか？」

「不便な場所だけど」アリーがにらむと、ウィルは微笑んだ。また始まったわ。九十歳以下の男性なら誰でもいいと思っているのね！

「完璧じゃないか。アリーは下宿人を探しているし、ショーンは下宿先を探しているんだ」

アリーはもう一度断ろうとしたが、ウィルの目を見て黙った。ウィルには借りがあるので逆らえない。

いっそのこと、ショーンに部屋を貸せば、ウィルも婚活の斡旋《あっせん》をやめてくれるかも。どれだけたくさん男性を連れてきても無駄だということを、この際はっきり知らせてやろう。チャーリーだってかわいそうだ。娘の人生に必要なのは安定であって、去っていく男たちの後ろ姿を見せることではない。もし厩舎《きゅうしゃ》を貸しても、ショーンはあくまで下宿人。納屋と厩舎は建物は一続きだが、中身は別々の住まいだ。車の出し入れ以外、会うこともないはずだ。

「厩舎でも寝られる?」

アリーの問いに、ショーンは笑った。「馬と?」

アリーがにらむと、ますます笑った。

ウィルが立ち上がり、シンクにマグと皿を運んだ。

「立派な厩舎だぞ。改造に相当費用をかけた」

「へえ」ショーンがアリーに視線を絡ませる。「ご主人は下宿人を置くのに賛成なのか?」

「アリーは独身だ」ウィルが答えた。

もう、ウィルったら!

「だけど、誰か一緒にいるんだろう?」

「ああ、チャーリーか。だが……」アリーの目を見て口ごもる。「そうだ、電話をする用事があった」

ウィルはあたふたと出ていった。

ショーンが立ち上がり、コーヒーを注ぐ。「変だな。いきなりどうしたんだ? もう一杯いるか?」

「もういいわ。本当になんなのかしらね」

ショーンが皮肉っぽく笑った。「とにかくそういうことなら、話は昨日に戻る。ウィルは僕らをくっつけたがっている。君に恋人がいるならなぜだ?」

「さあね、知らないわ」

「本当に?」

「知るもんですか」アリーは残りのサンドイッチを口につめ込んだ。「お節介はやめてほしいわ。あなたとカップルになるなんて絶対に嫌」

ショーンは椅子に腰かけ、長い脚を投げ出した。

「どうして?」

「だって、あなたは女を家庭に縛りつけておきたい古いタイプだから。新男性《ニューマン》って聞いたことある?」

「ニューマン？」

「そう。女性のために家事をしてくれる新時代の男性よ。そういう人は喜んで妻を山にもやるわ」

「僕はその新時代型じゃないって？」

「あなたは石器時代型よ。オリジナルとの違いは、布きれじゃなく服をまとっていることね」

ショーンの目がからかうように光る。「布きれでいるところを見たくなったらいつでも言ってくれ」

ショーン・ニコルソンの裸が目に浮かび、アリーは真っ赤になった。ショーンがますますにやける。

「ばか言わないで！」唇を舌で湿らせると、彼の視線がその唇に落ちた。

「なぜ結婚しないんだ？」

「ほっといて」

「チャーリーは君にふさわしい男じゃないらしい」

「ショーン、一つはっきりさせておきたいの。うちの厩舎を貸してあげる。ウィルが喜ぶし、逆らうのも面倒だから。でも、立場はあくまで下宿人よ」

「僕がそれ以上のものを要求したか？」

「していないけど――」

「他人のものに手出しはしない。君にはチャーリーがいるんだろう？」

「ええ、その……」

「だったら決まりだ」ショーンはコーヒーを飲み干して立ち上がった。彼が立つと部屋が急に狭く見えた。「もういるんじゃ、しょうがないな」

アリーはショーンと見つめ合い、唾をのんだ。ばれたのかしら。相手が娘だと知ったらどうなるの？　どうにもなるもんですか。自分さえしっかりしていれば大丈夫よ。チャーリーのためにも。

3

クリニックはかなり落ち着いた。医者が一人増えたおかげだ。患者もすぐにそれに気づいた。

「新しい先生が来たのね！」いつも来ている患者の一人がどっかと椅子に座り、わくわくした顔で言う。

アリーはため息をこらえた。そういうことに無関心な患者もいれば、興味津々の患者もいる。

「ええ、ミセス・ターナー。おかげで助かっているんです」

ミセス・ターナーはバッグからハンカチを取り出した。「今度の先生は長くいてくださるの？」

アリーは作り笑いをした。そうでないことを心から願う。早いうちにいなくなってくれれば、どんなにありがたいか。

「ドクター・ニコルソンは非常勤なので短期です。それより、今日はどうされました？」

老婦人はうろたえた。「なんだったかしら――」

「診察ですよね？」優しく促すと、患者が微笑《ほほえ》んだ。

「そうだったわ、耳を診てほしいの。ずっとがさがさ音がするものだから」

アリーは耳鏡で両方の耳を覗《のぞ》いた。「どこも悪くありません。耳垢《みみあか》がたまっているわ。看護師長と相談して予約を入れてください。その二、三日前にオリーブオイルを垂らすのを忘れないで」

「まあ、本当にそれだけ？」老婦人が疑わしげにアリーを見る。

アリーは笑いたいのをこらえた。「耳垢でもたまれば痛いんですよ。取っても痛いようなら、また来てくださいね」

ミセス・ターナーが退室するとき、アリーは上の空だった。頭の半分でショーン・ニコルソンのことと、彼をどうやって撃退するかを考えていた。一つだけ確かなのは、彼は簡単に追い払える男性ではないということだ。欲しいものは必ず手に入れる。それが私？　アリーはしかめ面でこめかみをさすったが、ノックの音を聞き、笑顔で次の患者を出迎えた。

　メアリー・トンプソンは四十代後半で神経質な患者だ。あまり来ないが、最近は数週間置きに来院している。どれも大したことではない。何かほかに悪いところでもあるのかもしれない。

「こんにちは、メアリー」アリーは微笑んだ。「今日はどうされました？」

　女性は浅く腰かけ、細い指で手袋をいじった。

「じつはその……少し咳《せき》が出るんです」

　アリーは聴診器を取った。「咳はいつから？」

「ここ二週間ぐらいかしら。よくわからないわ。でも、夜も眠れなくて」

　二週間。パソコンを確認すると、前回の来院は先週で、症状は爪先の痛みだった。そのころから咳があったならなぜ言わなかったのだろう？

「ちょっと服を脱いで胸の音を聴かせてくださいね」アリーはどうやったら問題の核心にたどり着けるか考えた。慣れていない患者なので聞き出すのは難しそうだ。

　予想どおり、胸の音はきれいだった。

「メアリー、たばこは吸いますか？」

「いいえ。でも夫が吸うわ」

　アリーは五十代前半の太った男性の姿を思い出した。彼の職場の定期検診で一度見たことがある。

「胸の音はいいですね」聴診器を外し、机に置く。「来週また来てください。ほかに何かありますか？」

　メアリーは一瞬ためらったように見えた。だが結局、首を横に振った。

　もう一度優しい声で繰り返す。「本当に大丈夫、メアリー？」

　患者がバッグを握り締める。「ええ」

　そこまで言われれば信じるしかない。「じゃあ、来週ですね」

　メアリーはゆっくりうなずき、力なく立ち上がった。「先生がそうおっしゃるなら」

「ええ、胸を診たいので」

　アリーは患者を見送った。何かおかしい。だが患者自身が言ってくれなければ、それが何かはわからない。口実を探して家にでも行かない限り……。

　そのときノックの音がし、ショーンが顔を覗かせた。「僕の外来は終わった。さっきの厩舎《きゆうしや》の話が本気なら、あとで行ってみるよ」

　アリーはメアリー・トンプソンのことを考えながらうなずいた。好きで厩舎を貸すわけではないが、ウィルをそれで黙らせて家賃ももらえるなら悪くない。チャーリーが生まれてこの方、いくら所得が多くても家計は火の車だ。

「うちはアンブルサイドの先よ。カークストーンパスの交差点を越えたところなの」紙に簡単な地図を描く。「私は五時過ぎに帰るわ」

　そして五時十五分に母がチャーリーを送ってくる。

　そのときが、告白タイムだ。

「ありがとう」ショーンは部屋の中まで入ってきて地図を受け取った。「何か心配事でも？」

「ちょっと患者さんのことで」

　驚いたことに、ショーンは空いた椅子に座り、長い脚を前に伸ばした。

「話してみないか」

　話すって、この人に？　確かに昨日の救助のことを思い出せば彼は医者なのだが、まだどうもぴんとこない。

「でも……」一度は断ろうとしたアリーだったが、そこで考え直した。他人の意見を聞けば役に立つかもしれない。「患者さんが何か言いたそうなんだけど、言えずに困っているみたいなの」

　ショーンは片方の眉を上げた。「〝じつは本当の悩みはほかにあるんです〟ってタイプか」

「それよ。でもメアリー・トンプソンは肝心なことは何も言わない。どうでもいいようなことばかり言っているの」

「うつかな」

「それはないと思うけど」

「家族の悩みとか？」

　メアリーの夫の姿が再び浮かぶ。「ひょっとして――いえ、わからないわ。本当に何もないのかも」

「経験から言えば、いちばん確かなのは自分の勘だ。何か変だと思うならきっとそうなんだよ。突き止めたほうがいい」

「でも、どうやって？　患者さんが話してくれなければ無理だわ」

「きっと向こうは話したいんだろう。でなければ何度も来ないよ」ショーンは立ち上がり、さっきの地図をポケットに押し込んだ。「女性外来に呼んだらどうだ？　そのほうが話しやすいんじゃないか？」

　アリーは考えた。なるほど。もし来週来なかったら、そうしよう。感謝の念を込めてショーンに微笑む。まさか彼とこんな有益な話ができるなんて。これなら一緒に働けそうだ。ホルモンより頭脳を働かせれば大丈夫だわ……。

「もし来週診察に来なかったら、そうするわ」ショーンに見つめられ、アリーはどきどきした。今度はホルモンの勝ちだ。

「それじゃあ、あとで」

　彼の背中を見送る。厩舎を貸すのは正解だろうか。長年男性を避けてきたため、男性がそばにいる感覚を忘れてしまった。はたしてうまくやれるだろうか。

　アリーは椅子にどさっと倒れ、目をつぶった。大丈夫よ、厩舎は独立しているんだから。ほとんど会わないし、いるかどうかもわからないわ……。

次の患者がドアをノックした。アリーは気持ちを引き締め、ショーンのハンサムな顔を頭の隅に押しやった。よけいなことを考えている場合ではない。

しばらく仕事に集中したあと、ふと時計を見て、時間に驚いた。大変、もうすぐチャーリーが帰ってくる！　受付のヘレンにブザーを鳴らす。

「ヘレン、患者さんはまだほかにいる？」

「いいえ。チャーリーが帰ってくる時間でしょう。急いで帰って」アリーは微笑み、パソコンを切った。ヘレンはクリニックの屋台骨だ。すべての患者のことを知っている。それはヘレンが詮索好きだからではなく、優しくて気がきくからだ。だからみんな悩みを話す。アリーもその一人だった。

帰りの車の中で、夜空に浮かぶ山を見て思った。ショーンはちゃんと着いたかしら？

彼は来ていた。

納屋の明かりが大きなバイクとその横に立つ背の高い人影を照らしている。アリーはこっそり笑った。そうよね、ショーンならバイクでなくちゃ。エンジンを切り、降りる覚悟を決める。レザージャケット姿の彼はいっそうたくましく見えた。アリーは大きく息を吸い、砂利道に立った。どうしてこんなに堂々としているの？　もっと貧相ならよかったのに。

「やあ」納屋を眺めていたショーンが振り返った。黒い服が悪漢めいている。陰があり、ハンサムで、きわどいほどセクシー。さっきまでひげはなかったのに、もうあごに陰ができている。男らしい証拠だ。

「遅れてごめんなさい」アリーは車をロックした。バッグを抱えて納屋の前を通り過ぎ、厩舎に向かう。

「仕事が長引いたの」

「かまわないよ」ヘルメットを抱えたショーンはアリーが鍵を出すのを待った。

アリーの震える手から鍵が落ちる。クールで落ち着いた女のイメージが台無しだ。アリーは屈《かが》んで鍵を拾った。ショーンがにやにやしているのがわかる。悔しい。彼はなんでもお見とおしだ。

「厩舎は孤立して寂しいわよ」鍵を鍵穴に差し込み、ドアを開ける。彼が越してきてからのことが思いやられる。まずはスペアキーから用意しないと……。

「まだ嫌がっているのか」ショーンは中に入って笑った。「一人は好きだ。ここならうってつけだな。すぐそばに羊もいるし」

羊だけならよかったんだけれど……。

「少しうるさいかもね」アリーは明かりをつけ、磨き込んだ木の床にバッグを置いた。緊張のせいでよそよそしくなる。「部屋はあまり広くないけど——」

「まるで不動産業者だな」ショーンはリビングに当たる場所をぶらぶらと歩き回った。首を後ろにそらして梁《はり》の上を眺める。「あそこは？」

「寝室よ」

すると彼が振り返った。

だめ、無理よ。こんな人と隣同士に暮らすなんて。

「決めた」

やっぱり断りたい。だが声が出なかった。深く息を吸い、もう一度口を開く。

「まだキッチンも見ていないのに」

「水が出ないとか、ねずみが走り回っているとか言うんじゃないだろうな」ショーンは笑って大きなガラス窓に近づいた。「眺めがよさそうだ。方角は？」

「ラングデールズよ」彼のたくましい背中から目をそらしてアリーは言った。近すぎる。彼はすぐそこにいる。だめよ、何を考えているの。彼は疫病神なのに。「寝室からも同じ景色が見えるのよ」

しまった、と思ったが後の祭りだ。

ショーンがセクシーな笑顔で振り返る。「寝室では景色なんか見ないよ」

アリーは耳まで赤くなったが、素知らぬ顔でキッチンに足を運んだ。「浴室はあっちで、ここがキッチン。広くないけど必要なものは揃《そろ》っているわ」

ショーンが後ろから入ってくる。アリーは案内したことを後悔した。キッチンは二人で立つには狭すぎる。ショーン・ニコルソンのような大きな男はなおさらだ。

「気に入ったよ。改造は自分で？」

「いいえ、地元の工務店に頼んだの。厩舎に住んで、次は納屋を改造したのよ」

「よくできているよ」梁を仰ぐ。「賃貸としては理想的だ。完全にプライバシーを確保できる」

ぜひそうしてほしい。この人が隣人になるなんて無茶な話だ。ウィルの手に乗った自分がばかだった。はっきり断ればよかったのに。

「ここにはずっと下宿人を置いているのか？」

「ええ」窓から外を眺めやる。「もとは両親の土地だったんだけど、納屋と厩舎だけ私と姉にくれて、ほかは売ったの」

「お姉さん？　ここにはいないんだろう？」

「亡くなったわ」

彼は沈黙した。「すまない」

「いいの。もう昔のことだから」

「厩舎は長く放置されていたのか？」ショーンがキッチンから出て、壁のれんがの目地をなぞった。

アリーも従った。話が変わってよかった。見かけによらず、この人は気がきくのかも。「ええ、かなり傷んでいて工事は大変だったわ。それで下宿人を置いたの」

「前の下宿人はいつ出ていったんだ？」

「フィオナ？」アリーはキッチンのドアを閉め、目から髪を払った。「ひと月前よ。ロンドンで仕事が見つかって。誰だってこんな田舎は嫌よね」

「みんなはそうでも、君は違うだろう？」

アリーは肩をすくめ、こぢんまりしたリビングへ戻った。「私は若いころから都会には興味がないの。アウトドア派だから、ここが大好き」

「若いころから？」ショーンが壁にもたれ、アリーを観察する。「もう若くないみたいな言い方だな」

アリーは苦笑した。心はもう年寄りだ。だが、いかに辛《つら》い出来事も外見には影響していない。

「そうね。都会の刺激は卒業したってこと」

「ほかの刺激は？　何もかも卒業か？」ショーンはいつの間にか壁を離れ、アリーのそばに来ていた。

「私は今の生活に満足よ、ドクター・ニコルソン」

「他人行儀はやめろよ。回診の途中みたいだ」

それが狙いだ。距離を取れば安全でいられる。ファーストネームでなれなれしく呼び合うのは危険だ。

「軍隊にいたなら形式を重視するんじゃないの？」

ショーンは広い肩をすくめた。「しかし除隊した。等級や称号で呼ぶ世界は性に合わなくてね。それより、ここを貸してくれるのか、それともチャーリーの許可をもらってからにするか？」

チャーリー？　チャーリーのことを忘れていた！彼はまだ誤解している。ばれる前に本当のことを言わなければ。

「そのことだけど――」

そのとき、砂利道に車が入ってきた。アリーは目をつぶった。絶妙なタイミングだわ！

ショーンが窓を見る。「お客さんだ。いや、ここの住人かな」

厩舎のドアが開いて、ほっぺをピンク色に染めたチャーリーが飛び込んできた。

「ママ、どうしたの、あのバイク！」そこでぴたりと止まり、ショーンを見る。「誰？」

アリーはうろたえるあまり娘の不作法を叱るのも忘れてしまった。「ドクター・ニコルソンよ。クリニックの新しいドクターなの。ウィルおじちゃんがうちの厩舎に住めばいいって。おばあちゃんは？」

「あとで電話するって言ってた。プリンセスに子牛が生まれるから帰るって。見たいって言ったけど、だめだって」チャーリーはショーンを見上げて言った。「あのバイク、おじちゃんの？」

「ああ、そうだよ」ショーンは少女と向き合った。ブロンドの髪と大きな青い瞳を無言で見つめる。

「乗ってもいい？」

「だめよ！」アリーはショーンの目を見ずに叫んだ。「それより納屋に行きましょう。急げば、見たい番組に間に合うわよ」

「紹介してくれないのか？」ショーンのなめらかな声に促され、アリーは彼を振り返った。だが、振り返って後悔した。彼のまなざしに胸が高鳴る。

「娘のシャーロットよ」

「チャーリーか」

チャーリーがショーンを見る。「どうして知ってるの？」

彼はアリーに目を留めたまま言った。「勘だ」

「かん？」

「おうちに入りなさい、チャーリー」アリーは彼に顔を見られないよう慌ててしゃがみ、チャーリーのバッグを拾った。「ママたちのお話は終わりよ。あとはドクター・ニコルソンに鍵をあげて、好きなときにお引っ越ししてもらうだけ」

「やったあ！」チャーリーは飛び跳ねた。「カレンにバイクを見せてあげよっと」

アリーはショーンの視線を感じながら厩舎に鍵をかけた。勇気を出して彼をこっそり振り返る。どうしてこんなにどきどきするのかしら。これまではすてきな男性に会っても、まったく興味を感じなかったのに。なぜショーン・ニコルソンはそうじゃないの？　しかし今度は鍵を落とさずにすんだ。アリーは必死で気持ちを立て直した。しょせん、ただの男よ。ハンサムでも利己的で身勝手ということに変わりはない。うまくあしらってみせますとも。

納屋の鍵が開くと、ヒーローが尻尾を振って転げるように駆けてきた。チャーリーが犬を引き連れ、一目散に自室へと向かう。アリーはショーンと二人きりになった。

鼓動が激しくなる。アリーは無愛想にキッチンへ足を運び、引き出しを開けた。

「厩舎の鍵を渡しておくわ」

ぶらぶらと入ってきたショーンは、キッチンテーブルにアリーが置いた鍵をちらりと見た。「じゃあ、僕が来るのに賛成してくれたんだな」

「賛成？」乱暴に引き出しを閉める。「ウィルのためにしょうがなくよ。誤解しないで」

ショーンが背筋を伸ばし、けげんそうに口を開いた。「ウィルのため？」

「そうよ」本当にいらいらする。人をばかにしたようなこのにやけた顔。私が喜んでいると思っているのね。「ウィルにはいろいろとお世話になっているから、気持ちを傷つけたくないの」

ショーンはテーブルから鍵を取り、手の中でじゃらじゃら鳴らした。「それが僕の引っ越しとどう関係あるんだ？」

アリーは赤くなった。「ウィルは私たちをカップルにしたがっているの。がっかりさせたくなくて」

「なるほど」ショーンは鍵をポケットに入れた。

「ウィルのためなら僕とつき合ってもいい、と」

「そんなことは言っていないわ」

「そうかな」ショーンが片方の眉をつり上げ、からかうように見つめた。アリーは彼をひっぱたきたかったが、代わりに手を体に巻きつけてにらみつけた。

「冗談はよして」

「冗談に見えるか？」

「ええ。いつも縁談を世話されているこちらの身にもなってよ」

「わかるよ」ショーンは笑って椅子の一つに腰かけ、脚を前に伸ばした。「大変だろうな」

「わかるもんですか。あなたみたいな遊び人に」

ショーンが肩をすくめ、口を曲げる。「まあね。だが僕は、世話になった誰かを喜ばせるために結婚しようとは思わない」

「あなたもそんな目に遭っているの？」

「特にウィルからね。だから正直会いづらいんだ」

アリーは目からブロンドの髪を払った。「だったら簡単よ。ウィルにお互い嫌がっているところを見せてやるの。そうしたら、あきらめるわ」

ショーンがあごひげをさすり、考え込んで言った。

「一つ問題があるぞ」

「何？」

ショーンはけだるい笑みを浮かべ、立ち上がった。

「僕は嫌じゃない」

アリーはその場から動けなくなり、しばらくして自分を取り戻した。「ばかばかしい」

「だってそうだろう。君はとても魅力的だ」

心臓が早鐘を打つ。「悪いけど一方通行よ」

「とんでもない嘘《うそ》つきだな」誘うような声でショーンが言った。「ウィルを喜ばせるためにいちゃつこうって言うかと思ったのに」

「あなたの夢の中でね！」

「わかってないな」からかうような笑みが消える。

「本当の夢の中では、人前でできないことをするんだ、アリー・マグワイア」

「なんだ？」

アリーは唾をのんだ。「お願いだから……」

「私のことはほっといて」

「嫌だ」

「どうして？」アリーは恨めしそうにショーンを見た。「その笑顔で女性を気絶させることだってできるでしょう。そういう人を選ばずに、なぜ私を？」

「君はガッツがあって美人で、何がなんでも僕を遠ざけようとするからだ」

つまり言い換えれば、私は彼を拒絶した最初の女ということだ。アリーはあごを上げた。

「自尊心が傷つくのに耐えられないということ？」

彼は頭をのけぞらせて大笑いした。「違うよ。僕の自尊心はそんなにか弱くない」

ショーンとの間の距離はほんの数十センチだ。アリーの呼吸がどんどん苦しくなる。「あなたの誘いには乗らないから」

ありがたいことに、彼はそれ以上近づいてこなかった。代わりにテーブルに腿をのせ、しみじみとアリーの顔を見つめた。「誘い？　どんな？」

アリーは彼に背を向け、チャーリーのお茶の支度を始めた。「さあね。たとえば一夜限りの情事とか」

「結婚が望みなのか」

ばかにしたような口調に、アリーは憤慨した。

「わからないの？」髪を振り乱して向き直る。「何も望んでいないわ！　情事も結婚も。どんなつき合いもしたくない。あなたとも誰ともよ」アリーは息を荒らげてまくし立てた。

ショーンがそんな彼女をじっと見つめる。「そんなにひどかったのか？」

アリーは目をぱちくりさせた。「何が？」

「チャーリーの父親だよ」

アリーの肩がこわばる。「関係ないでしょう」

「そうかな」彼の目が穏やかにアリーを探る。「君がそのために一生男を寄せつけないと言うなら、当然、僕には知る権利がある」

アリーは顔をそむけ、棚から小鍋を出した。「そんな権利があるもんですか。いずれにせよ、終わったことよ」

「終わったこと？」彼の口調が冷たくなる。「チャーリーは父親に会っていないのか？」

「ええ」小鍋を置いて振り返る。「会っていないわ」

「それが正しいやり方だと思うのか？」

アリーは悔しそうにショーンをにらんだ。「またロだわ。早合点しないで」


ショーンは肩をすくめた。「子どもに興味のない男だったのか？」

「ロブは自分にしか興味がないわ」チャーリーの父親のことなど考えるのも嫌だ。彼のせいでどんなに家族が苦しんだか。

「しかし、一度はその男を愛したんだろう？」

愛した？　あんなろくでもない男を？　ばかも休み休み言ってほしい。でもショーンは何も知らないのだから仕方がない。教えるつもりもないし。ショーンとは距離を置くのだ。

「誰にでも過ちはあるでしょう」アリーは野菜のワゴンをあさってオニオンを探した。

「結局、子どもがつけを払わされるんだ」非難がましい声だ。

アリーは調理台にオニオンを置き、くるりと振り返った。「あなたはいつも事実を知らずに人を批判するのね」ぐっと首をもたげると、三つ編みがほどけてブロンドの髪が肩の上に落ちた。

ショーンが肩をすくめる。「じゃあ、ちゃんと説明してくれよ」

「なんでそんなことをあなたに？　言っておくけど、チャーリーは私といて幸せなの。必要なものは全部与えているわ」

「父親以外はな」

「あんな父親なら、いないほうがましよ」アリーは調理台に向き直り、猛然とオニオンを刻み始めた。もう！　本当に腹の立つ人ね！

「どんな父親でも、いないよりはましだ」

「何も知らないからそんなことを言うのよ」アリー

はシンクにナイフを置き、力任せに蛇口をひねった。

「娘には私しかいないけど、いつも私は娘に尽くしているわ。娘を楽しみの犠牲にしたり――」

「チャーリーの父親はそうだったのか？」

アリーは険悪な顔で振り返った。「チャーリーの父親は最低最悪、人間のくずよ」

「そいつと寝たときはそう思わなかったんだろう」

彼をひっぱたく音がキッチンに響き渡った。アリーは自分の行動に愕然《がくぜん》とした。生まれてこの方、誰かに手を上げたことなどなかった。

大きく見開かれたアリーの視線と、冷静なショーンの視線がぶつかる。

「ごめんなさい」アリーが謝ると、ショーンは頬をさすって笑った。

「いや、僕が悪いんだ。無神経な発言だったよ」

だが実際、言われても仕方がないのだった。ロブを愛していたから彼とベッドをともにして身ごもった。アリーはまだひりひりする手で口を覆った。一瞬、何もかもぶちまけたくなったが、なんとかこらえる。出会ったばかりの男性に身の上話をするなんて。身の上話はおろか、彼には近寄るのも危険だ。

「これにはいろいろとわけがあるの。ロブがすべての元凶よ」嘘ではない。経済的な意味だけれど、事実は事実だ。

ショーンはふざけて降参のポーズを取った。「君の言うとおり、僕には関係ない」顔のぶたれた場所が赤くなっている。

「ええ。ごめんなさい、氷で冷やす？」

ショーンが顔をほころばせた。見とれるほどセクシーだ。「いや、キスのほうがいいな」

「冗談はやめて」声がかすれたので、アリーは巧みに話題を変えた。「なぜ父親のいない子どものことで、それほどむきになるの？」

ショーンの顔がこわばる。「別に。幸せな家庭には二親が揃っているものだろう？」

アリーはあきれたように笑い、小鍋にオニオンを入れて静かにまぜた。「そうね。でも現実はそうじゃないわ」

「そうだな」

「あなた、おとぎ話やサンタクロースを信じる？」

「それにイースターのうさぎもか？　当然、ノーだ。幸せなんてはかないものだと思うよ」

アリーはオニオンを炒《いた》めながら眉根を寄せた。

「でも、二親のいる子は幸せだと思うんでしょう」

「ああ。百パーセント連れ添う覚悟がなければ、子どもなんか持っちゃいけない。そうでないと子どもがかわいそうだ」

「でもいつまで結婚が続くかなんてわからないわ」

「そうだとも。しかし、子どもを産めば、子どもに対する責任が生じる。身勝手なことはできない」

アリーは手を止めた。「私が身勝手だというの？」

「そんなことは言っていない。君が言うように、君のことは何も知らないし、僕には関係ないからね」

「じゃあ、子どもさえいなければ女性を取っ換え引っ換えしても許されるの？」

「その表現には抵抗があるが、パートナーチェンジはやむをえないな。一生見せかけのパートナーを演じてまやかしの人生を送っても意味がないよ」

アリーはスプーンを置き、ショーンをにらんだ。

「それで誰が傷つこうと平気なの？　無責任だわ」

「そうかな。究極の責任ある行動だと思う」ショーンはこの上なく真面目な顔で答えた。「将来も考えずに子どもを産むよりずっといい。女と切れればそれで終わりだ」

いったいどのくらいの女を袖にしてきたの！　大人が相手でも、罪は罪よ。「自分の家庭を持ちたいとは思わないの？」

「思わないな」彼は笑った。「赤ん坊時代におとぎ話は卒業した。独身なら将来子どもを不幸にすることもない」

「チャーリーは不幸じゃないわ」

「チャーリーのことを言っているんじゃない」窓を見て遠い目をする。「チャーリーは幸せだよ。だけど、そうじゃない子もいっぱいいる」

「でも、子どもが欲しいとは思わない？」

「思わない」ショーンは表情を陰らせて答えた。

アリーは黙って彼を見つめた。これまでいったいどんな人生を送ってきたのだろう。その横顔を眺めるうち、言いようもない寂しさがこみ上げてきた。ほとんど知らない人なのに、なぜこんな気持ちになるのだろう？　彼のもの悲しい表情が切なくて、抱き締めてあげたくなる。どうかしていると思うけれど……。アリーはトマト缶を棚から引っ張り出した。

「それより」ショーンは笑みを取り戻して言った。

「僕らには特別な何かがありそうだな」

「特別な何か？」アリーは心臓が飛び出すかと思った。ショーンが近づいてくるので、彼から身を守るようにテーブルの向こうに避難する。「会うたび喧《けん》嘩《か》しているのに、特別な何かがあるとは思えない」

「じゃあ、なぜテーブルの向こうに逃げるんだ？」

アリーは大きく息を吸い、椅子の背をつかんだ。

「ついさっき男女関係を否定したのは、あなたよ」

「言いがかりだ。結婚と子どもは否定したが、男女関係は否定していない」

私とつき合いたいの？　人をばかにするにもほどがある。「私は嫌。チャーリーがかわいそうだもの」

ショーンは眉をつり上げた。「まさかチャーリーが生まれて以降、尼僧みたいに生きてきたのか？」

アリーは笑いそうになった。何もわかっていない。

「ほっといて」顔をそむけて言った。

彼の手がアリーのあごをつかみ、無理やり彼のほうを向かせた。「ちゃんと説明しろよ」

「言ったでしょう、チャーリーのためよ」

ショーンはアリーのあごを放した。「本気なのか。娘のために誰ともつき合わないなんて」

アリーはくるりと背を向け、トマトソースをかきまぜた。「過去はどうあれ、あの子の将来に傷をつけたくないから」

「僕とつき合うことが傷になると？」

「ええ、大きな傷よ」ショーンはアリーを誤解しているが、実際の彼女はこれまで男性と遊びでつき合ったことなど一度もなかった。いまだにおとぎ話を信じている少女も同然だ。だがショーンはそうではない。二人は正反対だ。それを曲げようとしても不幸を招く。ショーンはたとえ魅力的でも、危険な男だ。結婚をする気がないのだから。だが生まれて初めてアリーは、自分の主義は脇へ置き、誘惑に身を任せたい気持ちに駆られた。

でも、やっぱりだめ。どんなに彼に言い寄られ、あの微笑みで骨抜きにされたとしても。チャーリーがかわいそうだ。

ショーンは魅力的な半面、冷たく近寄りがたい。彼は誠実に人と関わることを避けている。一度ベッドをともにしたら、どこかへ行ってしまうタイプの男性だ。特別な何かがあろうがなかろうが、そんな彼を変えられるわけがない。

無責任な男はもうたくさん。一人のほうが気楽だ。一人なら裏切られない。

「それじゃ、鍵を持っていって」アリーは背後に彼の気配を感じて言った。「厩舎は貸すけど、それだけよ」

驚くほど近くで彼が言った。「とりあえずな」

「いいえ、これからずっとよ」アリーはスプーンをぐっと握った。早く行ってくれないかしら！

長い沈黙のあと低い笑い声がし、やがてドアの閉まる音が聞こえた。

4

　土曜日の外来は例によって多忙をきわめた。ありがたいわ、とアリーは思った。おかげでショーンを忘れていられる。彼が厩舎《きゅうしゃ》に引っ越してきてからというもの、何も手につかなくなった。これまではどうにか上手に彼を避けてはいるが。実際、早朝のバイク音を除けば、この二日間、彼が隣にいることはほとんど意識しなかった。そして今も、彼は隣の部屋にいる。ウィルの中小事故外来を切り回して。

　アリーは首を振り、ブザーを押して次の患者を呼び入れた。むずかる幼児の手を母親が引いてくる。

「フェリシティ、こんにちは。調子はどう？」

　フェリシティはお手上げとばかりに天井を見上げ、腰かけた。備えつけの箱からおもちゃを取る。「ほら、トム、汽車ぽっぽよ」

　小さな男の子は汽車を手に、満足げに床に座った。

　フェリシティがあきれ顔でアリーに笑いかける。

「お腹の赤ちゃんのことは考える暇もないわ。この子とお兄ちゃんにあんまり手がかかるから」

　アリーは同情を込めて微笑《ほほえ》んだ。「わかるわ。最初のときみたいにはいかないわね」

「ええ、そのとおりよ。最初のときは女王様気分だった。〝寝てていいよ〟って夫に甘やかされて。料理も掃除もしてくれたし、ベッドにお茶まで運んでくれたのに……」

「今は違うの？」

　フェリシティは笑い、息子に積み木の袋を渡した。息子は喜んで中身を出したが、すぐに大声で泣きだした。

「ええ、全然」屈《かが》んで息子を抱き上げ、なだめながら膝の上で弾ませる。「だけど、今日来たのは愚痴を言うためじゃないの。この子が元気がなくて変なぶつぶつが出てきたのよ。保育園で水疱瘡《みずぼうそう》が出たっていうから、そうじゃないかと思って」

「診察しましょう」アリーは机にあった指人形を取った。「トム、これを見て」

トムが笑うまで指人形で話しかけ、人形をフェリシティに渡すと、手早く、しかし丁寧に診察をする。

「発疹《ほっしん》はいつから？」胸の音を聴き、喉と耳を覗《のぞ》く。

「三日ぐらい前よ。でもそのときは一つか二つだったわ」

アリーは念入りに発疹を調べ、トムにセーターを着せた。「間違いないわ。水疱瘡ね」パソコンに向かい、キーボードを叩《たた》く。「処方箋を出すからお薬をもらって。痒《かゆ》みが治まるわ」

「いつまでうつるのかしら。隔離したほうがいい？」

アリーはうなずいた。「保育園はしばらく休めと言うでしょうね。感染するのは発疹が出る前の二十四時間よ。だからもう遅いけど。でも、発疹がかさぶたになるまでは休ませたほうがいいわね」

「どのくらいかかる？」

「五日ってところね」アリーは処方箋を印刷し、母親に渡した。「それより心配なのはママのほうよ」

「私？」フェリシティはトムをもう一方の膝に移した。「どうしてかしら？」

「今、妊娠何カ月？」

「もうすぐ三十七週よ」

「そう。それで、水疱瘡をやったことはある？」

「さあ、わからないけど、どうして？」

「採血して免疫状態を調べましょう」

「どうして？　そういうのは妊娠初期が問題なんでしょう。もう赤ちゃんは大丈夫なんじゃないの？」

「妊娠初期が危ないというのは本当よ。でも水疱瘡は妊娠の終期も危ないの」アリーは引き出しから用紙を出した。「免疫を調べましょう。場合によっては注射が必要よ」

「来てよかったわ。ただの水疱瘡なら病院に行かなくてもいいかと思ったけど」

「たぶん大丈夫だろうけど」用紙に記入しながら、アリーは言った。「これを隣の部屋の看護師に渡して採血してもらって。結果がわかりしだい連絡するわ。でも、万一お産が早まったら電話してね」

「わかったわ」フェリシティは重そうに腰を上げ、お腹をさすった。「どうして妊娠なんかしたのかしら。二人でも十分だし、お産は大変なのに」

アリーはカルテを眺めた。「前回は鉗《かん》子《し》分娩《ぶんべん》ね」

「その前は吸引よ。しばらく痛くて座れなかったわ。二人目は楽って聞くけど、そうじゃなかった」

「二人目に鉗子は珍しいわね。今度はきっと大丈夫よ。経過は良好だし、問題ないわ」

「生まれたらヒューにも育休を取らせないと」そうこぼしながら出ていくフェリシティを、アリーは笑顔で見送った。

五分後、ルーシーが現れた。「フェリシティ・ウェブスターの採血をしたわ。お子さんが水疱瘡なの？」

アリーは微笑んだ。「たぶんママのほうは免疫があるわよ。みんなそうだから」

ルーシーは顔をしかめ、空いた椅子に腰かけた。

「もし違ったら？」

「ＺＩＧ投与ね」

「何、その正体不明の飛行物体みたいなものは？」

「ヘルペス用の免疫グロブリン」アリーは靴を脱ぎ、脚を折り曲げて椅子に座った。「発症予防よ」

「どんどん新しい薬が出てくるのね。それはそうと……」ルーシーがにやけながらアリーの顔をうかがう。「今度来たドクターってどんな人？」そのとき、ぱっとドアが開き、ルーシーがあんぐり口を開けた。

「こちらが新しいドクターよ」アリーは慌てて靴を履いた。が、時すでに遅し。丸出しになっていた腿をショーンにたっぷり見られてしまった。「ドクター・ニコルソン、こちらは看護師の――」

「ルーシー・グリフィス」ショーンが笑って言葉を引き取った。

ルーシーは驚いて手で口を押さえた。「ショーン！」椅子から立ち上がり、ショーンを抱き締める。

ショーンもルーシーを抱き締め、頬にキスをした。

「大人になったな」

「ええ」ルーシーはうれしそうに笑って体を引いた。彼に対する信頼の厚さが目に表れている。

みんなショーンと知り合いなの？　なぜかアリーの胸は疼《うず》いた。これは嫉妬だろうか。まさか。ショーンのことはなんとも思わないし、ルーシーが彼を気に入っているなら喜んで応援したい。

「夢みたい！」ルーシーが笑顔で振り返る。「ショーンが帰ってくるなんて！」

「連れ戻されたんだよ」

「ウィルに？」

「ああ」

アリーは二人の顔を見比べた。二人が旧知なのは明らかだ。でも、気にすることはないわ。

「どこに泊まっているの？」ルーシーはまだ満面の笑みを浮かべている。

ショーンは部屋の中に入り、後ろ手にドアを閉めた。「アリーのところだ」

アリーは笑って訂正した。「厩舎を貸しているの」

「まあ、ショーン、それ自慢できるわよ。アリーは男の人には貸さないんだから」

「無理やりそうさせられたんだよ」ショーンがアリーの目を見て言う。

「またウィルに？」ルーシーが唖然《あぜん》とする。

アリーは微笑んだ。「そういうこと」

「ウィルったら、デートクラブでも始めるつもりかしら」ルーシーが二人の顔を見比べる。「本当に面倒見がいいのね」

「ああ、かなわないよ」ショーンは時計に目を落とした。「ちょっとアリーに話がある」

アリーはこわばった。「まだ仕事中だから」

「患者のことだ」

アリーは赤くなってペンを弄んだ。「そう。何？」

「この前、君が言っていた女性……」彼は広い肩をドアの枠に押しつけ、眉根を寄せた。「ミセス・トンプソンじゃなかったか？」

「メアリー・トンプソンよ。彼女がどうかした？」

「これが原因かもな」ショーンは新聞を机に置いた。

「四ページ目だ。何かわかるかもしれない」

「ありがとう」アリーは彼の退室後、地元紙を手に取った。四ページ目ね。目で見出しを追う。〝ポスター展で小学校が受賞〟〝老女、買い物中に襲われる〟そして、ページの下の小さな記事に目を留めた。

〝飲酒運転で逮捕〟

肩越しに覗き込んだルーシーが口笛を吹いた。

「まあ、免許取り消しね。営業なのに。ということは、失業？」

「かもね」アリーは新聞を置いた。ショーンの言うとおり、これが原因なのだろう。メアリーの夫はアルコール依存症なのか、それとも一回限りの違反だろうか。いずれにせよ、注意して接する必要がある。

アリーはヘレンにインターコムでメアリー・トンプソンの予約状況を尋ねた。

「木曜日の四時よ」ヘレンが答えた。

アリーは手帳に書き込んだ。まだ少し時間がある。

「さすがショーンね」ルーシーがドアに向かいながら言った。「アリー、全国の女性から羨ましがられるわよ。ショーンと隣同士に住めるなんて」

「ただの下宿人よ」

「好きになっちゃだめよ。ショーンはすてきだけど、おとなしく家庭におさまるタイプじゃないから」

大きなお世話！「経験から言っているの？」

「ううん」ルーシーはドアに手をかけて言った。

「同じ学校だったの。ショーンは上級生だったけど」

「彼、どんな生徒だった？」訊《き》くつもりはなかったが、自然と口から言葉が飛び出した。

「札つきの不良よ。女の子はみんな夢中だったわ」

アリーは苦笑した。特に驚きはしない。「あなたも？」

「否定はしないけど、彼といるとどぎまぎして落ち着かないの。私はもっと近づきやすい人がいいわ」

「わかるわ。とんでもなく女を見下しているしね」

ルーシーは笑った。「確かに男らしさを絵に描いたような人かも」

「でも、仲良さそうにしていたじゃない」

「いっぱいお世話になったの」ルーシーはドアの取っ手をつかみ、深く息を吸った。「学校でいじめに遭ったとき、ショーンが助けてくれたのよ」

アリーは目を丸くした。「どうやって？」

ルーシーが暗い目をして笑う。「お仕置きするのよ、二度と手出しできないくらい」

そこでインターコムが鳴り、ヘレンが予約外の患者が来たと告げた。アリーは時計に目を落とした。

「今日は往診が少ないから、受けつけて」ルーシーに微笑む。「さて、仕事に戻らなくちゃ」

ドアを開けたルーシーはアリーを振り返った。

「やっぱりさっき言ったことは忘れて。あなたはショーンのタイプかも」

ショーンのタイプ？　アリーがけげんそうに眺めると、そこにジャックが登場した。

「あら、ジャック！　いったいどうしたの？」

「ああ、土曜日なのにすまないな」

「かまわないわ。平日は診察に来られない人も多いし。どこが悪いの？」

ジャックが顔をしかめる。「腹が痛くて」

アリーはいくつか質問しながらメモを取った。

「食事はできる？」

「ああ、食事は問題ない。潰瘍かな」

「ちゃんと調べてみないとわからないわ」アリーは痛みについてさらに細かく尋ね、丁寧に診察した。

「特に異常はないけど」手を洗い、ジャックが服を着るのを待つ。「でも、症状としては胃潰瘍ね」

ジャックは服を着て座った。「ということは？」

「そうね、胃薬を出しておくわ。一日四回飲んで。それで効かなかったら、もう少し強い薬にするわね。日常生活の手引書をあげる」引き出しの中から薄い小冊子を出す。「嫌かもしれないけど」

ジャックはふんと鼻を鳴らし、渡された手引書に目を通した。「酒はだめだって？」

「少なくとも控えめにして。それで様子を見ましょう。胃カメラをのんだほうがいいかもね」

「カメラで胃の中を見るのか？」

「そうよ。それだと病気が一発でわかるわ。四十五歳を過ぎているし、念のためやってみる？」

「わかった。頼むよ」ジャックは笑って腰を上げた。

「ありがとう。ところで来週の土曜日はチャーリーと焚き火《ボンファイア》パーティに来るか？」

「呼び出し待機《オンコール》でなければね」アリーは手帳をめくり、微笑んだ。「大丈夫。ここに〝山岳救助隊パーティ〟ってちゃんと書いてある。それより、チャーリーの前では話題に気をつけて。この一週間、低体温症と遭難事故のことばかり訊かれて苦労したわ」

「ごめんごめん」ジャックは苦笑いしてドアに向かった。「君のお母さんとしゃべっていて、チャーリーがいることを忘れていたんだよ。ところで、ショーンが君のところにいるって？」

アリーは歯ぎしりした。小さな町だと噂《うわさ》が広がるのはあっという間だ。「厩舎を貸したの」

「そうか。今度ショーンを見かけたら、彼もぜひパーティに誘ってくれ」

アリーは作り笑いをした。「わかったわ」

そのためにいちいちショーンを捜す気も、パーティに誘う気もなかったけれど。

往診は早めに終わった。メアリー・トンプソンの家に寄りたかったが、突然の訪問は逆効果だし、木曜の診察まで待ったほうがいい。アリーは代わりに入院中のピート・ウィリアムズを見舞うことにした。

ピートはベッドで登山の本を読みふけっていた。

「こんにちは、ピート」アリーは枕元にフットボールの雑誌を置き、椅子に座った。

「ドクター・マグワイア！」ピートが顔を輝かせ、雑誌を取り上げる。「すごいや、ありがとう！」

「具合はどう？」

「痛いよ」ピートは赤くなった。「自業自得だ。ミスター・モーガンからたっぷり小言をもらった」

アリーは同情を込めて微笑んだ。「助かってよかったわ」

「うん」シーツを指で弄ぶ。「ミスター・モーガンが言ってた。先生とドクター・ニコルソンがいなかったら死んでたって」

「実際はいたんだから、もう考えなくていいのよ。血糖値はどう？」

ピートは肩をすくめた。「悪くないけど」

「ピート、なぜあんなことをしたの？」穏やかにアリーが尋ねると、ピートはベッドカバーを見つめた。

「わからない。たぶん嫌になったんだよ、みんなと違うのが」

アリーは首を振った。「何も違わないわ。ただ糖尿病があるだけよ」

「それが違うんだよ」ピートは枕にどさっと倒れた。「みんなとクロスカントリーもできない。血糖値を測らなくちゃいけないから。食事制限も……」

　アリーはじっとピートを見つめた。「食事制限は仕方ないけど、なぜクロスカントリーができないの？」

「決まってるよ。うちの学校はとてもクロスカントリーが盛んなんだ。マラソンまでやる子もいる。しょっちゅう止まって血糖値なんか測ってたら、走れるもんか」

「止まらないでいいとすれば？」

　ピートはアリーを見つめた。「でも、止まらなくちゃ測れないから」

　アリーはそこで首を振った。「最近、新しいモニターができたの。小さくてつけたまま走れるのよ」

「だけど測定するときは――」

「それが、大丈夫なの」アリーはつい先日、医療機器メーカーから聞いた、ありったけの情報を頭の中でかき集めた。「試験紙もいらないの。全部内蔵されていて、走りながら調べられるんですって」

「止まらずに？」

「そうよ。新しいモニターのこと、もっとよく聞いてみましょうか？」

「お願いします！」ピートは目を輝かせた。「本当ならすごい。ありがとう、ドクター・マグワイア」

「どういたしまして」ふと見ると、ロッカーの上に新品の登山ブーツがある。「あれは？」

「ドクター・ニコルソンにもらったんです」

　ショーンが？　ピートの見舞いに来たのなら、なぜそう言ってくれなかったのだろう。

　アリーはブーツを持ち上げ、裏返してみた。最高級の品質で近くの登山用品店で買ったものだ。

「サイズが合わなかったら、あとで交換できるって。だけど二度と運動靴なんかで登るなって」ピートはまた目を輝かせた。「それでね、ドクター・ニコルソンがアンディと僕に登山レッスンをしてくれるんだって！　すごいでしょう？」

「登山レッスン？」

　ピートが夢中でうなずく。「軍隊でも教えてたって。登るのも懸垂下降も、誰よりうまいってミスター・モーガンも言ってた。そんな人に習えるなんて最高だな」

「本当ね」アリーはブーツに手を触れながら言った。まさか、あのショーンが……。冷淡で、この子たちを助けたときも同情のかけらさえなかったのに。だが高価なブーツを買ってやり、貴重な時間を割いてレッスンまでするとは。アリーの知っている彼とは大違いだ。彼を誤解していたのだろうか？

「ドクター・ニコルソンは何回来たの？」

「二回です」ピートはアリーがブーツをもとの場所に戻すのを眺めて言った。「最初はこっぴどく怒られた。一歩間違えば死んでたって。それからいろいろ話したんだ。糖尿病のこととか、それがどんなに大変かも」

　つまり、ピートの悩みについてだ。アリーは唇を噛《か》んだ。どうやらショーンの作戦は成功したらしい。ピートは落ち込むどころか、早く治してレッスンを受けたくてうずうずしているのだから。

　アリーはしばらく滞在してピートとおしゃべりをし、やがて時計を見た。「あら、こんな時間」コートを着て、ピートに告げた。「また来るわね」

　納屋の前に車を止めると、厩舎からショーンが出てきた。バッグを提げているところを見ると往診らしい。緊迫した表情だ。

　アリーは車の窓を開けた。「何かあったの？」

　ショーンは最初バイクのほうへ向かったが、考え直してアリーの車に寄ってきた。助手席のドアを開けてバッグを投げ込む。

アリーは車を出した。「行き先は？」

「ケリー・ワトソンの家だ」

「なんですって？」アリーは車道に出て可能な限り車を飛ばした。「また発作？」

「ああ、かなり悪そうだ」ショーンはシートベルトを締めて時計を見た。「高速の事故で救急車がなかなか着かないそうだ。母親はパニック状態だった」

想像に難くないわ。家を知っていてよかった。

それから五分とせずに、コテージの並ぶ一画に到着した。

いちばん端の家を指して言う。「あの家よ」

ケリーの母親が玄関先でうろうろしている。ショーンは急いで車から降りた。

「ああ、よかった！」ミセス・ワトソンは泣き濡《ぬ》らした顔で言い、早足でリビングに向かった。「ケリーはここです。でも息ができなくて……」

ショーンが部屋に入る。アリーは母親の腕を取った。「落ち着いて。ケリーが不安になるわ」

ミセス・ワトソンはしゃくり上げた。「ああ、ケリーが死んでしまう」

「死んだりしません」アリーは母親をキッチンに促した。「お湯を沸かしてくださる？」

お茶が欲しいのではなく、母親を遠ざけるためだ。

ケリーは苦しそうにあえぎながらソファに寝ていた。すでに唇が紫色だ。

ショーンがバッグの中から気管支拡張剤を取り出した。「酸素をいっぱい流そう」

アリーは聞く前からマスクとチューブを用意していた。

「アミノフィリンをくれ」

アリーがアンプルを出す。「ミセス・ワトソン、ケリーの体重は？」キッチンにいる母親に尋ねた。

短い沈黙があった。「四ストーンよ」

ショーンが顔をしかめる。「キロに直すと？」

アリーは暗算した。「およそ二十五キロ」

ショーンが目で少女の大きさを測る。「そのぐらいだな。よし、一キロ当たり五ミリだから……」

「百二十五ミリ」アリーは少女の手を握り締めた。

「大丈夫よ、ケリー。すぐ楽になるわ」

ケリーは弱々しい濁った目でアリーを見た。苦しくてものも言えない状態だ。

「ステロイドの吸入も必要よ」アリーが言うと、ショーンはうなずいた。

「気道の狭窄《きょうさく》がある。アンビューバッグをくれ」

アリーは彼の目を見て、言われた器具を探した。呼吸はますます苦しそうだ。目を上げると、ミセス・ワトソンが真っ青な顔で立っているのが見えた。

「だいぶよさそうだ。呼吸数が減ってきた」ショーンが器具のマスク部分の位置を調節しながら言う。

「よかった」アリーは立ち上がった。

「救急車が来たわ」ミセス・ワトソンが告げた。

ショーンがうなずき、マスクを合わせる。「病院に連れていこう。だいぶ落ち着いたが、顔色も呼吸ももっと回復するはずだ。救急車に乗せよう」

アリーは救命士に挨拶した。「ダニエル、病院までお願いするわ」

「了解」救命士はケリーを見てウィンクした。「また会ったな。先週も呼ばれたぞ」

ケリーが弱々しく微笑む。ダニエルが脇に座って少女をなだめている間に、アリーはこれまでの経過と処置を説明した。

救命士がもう一人、椅子と赤い毛布を運んできた。ダニエルが立ち上がる。「君たちのどちらか、一緒に乗れるか？」

「僕はオンコールだからな」ショーンが言った。

「私が行くわ」アリーは言ったが、チャーリーのことを考えて表情を曇らせた。

即座に察してショーンが手を出した。「鍵をくれ。チャーリーは僕が見る。呼ばれたら一緒に連れていくよ」

アリーはためらった。「でも、母に頼めば……」そう言いかけ、今日は家にいると母に告げたことを思い出した。母は予定があるかもしれない。仕方ないわ。アリーはバッグを探り、ショーンに鍵を渡して救急車に向かった。ミセス・ワトソンが戸締まりをする間に、アリーはケリーを快適に寝かせた。

救急車が出発し、アリーは車の中でミセス・ワトソンを慰めた。「大丈夫、元気になるから」

「でもまた次の発作が来るわ」

アリーはうなずいた。「ええ。よく調べないと。病院にも言っておくわ。ちゃんとステロイドを吸入すれば発作は起こらないはずなんだけど」

するとミセス・ワトソンが視線をそらした。気のせいかしら、とアリーは思った。何かおかしい。

「入院はいつまで？」ミセス・ワトソンはバッグからティッシュを出し、鼻をかんだ。

「明日には帰れると思うわ」曲がり角で振られた体を立て直す。「発作の原因で思い当たることは？動物に触ったとか」

そこでまたぎこちない空気が流れた。

「いいえ」ミセス・ワトソンが首を振る。

「そう。ゆっくり考えましょう」

母親がステロイド使用に消極的だと言っていたルーシーの言葉が思い出される。アリーは考え込んだ。ひょっとして母親が薬を減らしているとか？　ケリーが退院したら確かめてみよう。

納屋に戻ると、元気な笑い声が聞こえた。

チャーリーが暖炉の前のラグに腹ばいになり、両足をばたばたさせている。ショーンは同じく腹ばいで、チャーリーの下敷きになっていた。

「ママ、ハングリーヒポのゲームをやってるの。あたし、二回も勝っちゃった」

「やれやれ、大変だ」チャーリーが球を取ろうとして伸ばした手を、ショーンが軽く叩く。「こら、僕のだぞ」

チャーリーは大はしゃぎした。おもちゃのかば《ヒポ》をばんばん床に叩きつけて球を食べさせる。

「また勝った！」チャーリーは起き上がってその場に座り、勝利の笑みを浮かべた。

アリーはバッグを置き、お気に入りの白いソファに身を預けた。「カレンの仮装パーティはどうだった？」

「楽しかった！　みんなかっこよかったけど、あたしがいちばん最高によかった！」

「いちばんよかった、でしょう」アリーは訂正した。

「ね、あたしのお面、怖かったでしょ、ショーン？」

「うん、怖くて震えたよ」ショーンはそこでアリーのほうへ向きを変えた。まさか彼がこんなふうにチャーリーと遊んでくれているとは。アリーは意外に思った気持ちを隠せなかった。てっきりチャーリーは一人で遊び、ショーンはソファで読書でもしていると思っていた。なのに彼は胸のはだけたシャツとジーンズ姿でラグに寝そべっている。どきどきするほど男っぽい。

子どもはいらないと言っていたのに……。

アリーは問いかけるような彼のまなざしから、わざと視線を引き離した。

「チャーリー、ドクター・ニコルソンはもう帰る時間よ。ゲームは終わりにしなさい」

ショーンが片方の眉をつり上げたので、アリーは困惑した。

「僕は急いでいないよ」

からかうような彼の目を見て、唾をのむ。帰ってほしいのを知っているくせに、わざと気づかないふりをして！

「夕食までいいでしょ？」チャーリーはソファのアリーの脇に飛び乗って脚を組んだ。「もう一回変装してママに見せてあげる」

「やめて、うなされるわ」ショーンが面白そうに目を合わせた。「ただでさえよく眠れないのに」

　アリーは赤くなり、すっくと立ち上がった。夕食なんてとんでもない。食べ物がのどにつまるわ！

「ケリーの様子は？」ショーンも立ち上がり、アリーと並んだ。彼の男らしい体つきが急に気になる。

「だいぶいいわ」

「ねえ、ママ、ショーンと一緒に食べたい」チャーリーがねだる。

　アリーは押しつけがましくショーンに言った。

「今夜は忙しいんでしょう」

　ショーンがとぼけて笑う。「呼ばれなければ大丈夫だ。いいよ、一緒に食べよう」

「やったあ！」ソファから飛び下り、部屋に走っていくチャーリーを見て、アリーは歯ぎしりした。

　ショーンが笑って腰かける。「ご招待ありがとう」

　あきれた！「招待なんかしていないわ。帰ってほしがっているのを知っているくせに！」

「どうして？」

「言ったでしょう、娘に近づいてほしくないの」

　ショーンは眉をつり上げ、長い脚を伸ばした。

「チャーリーに？　それとも君に？」

「どっちもよ！　お願いだから……」

　ショーンは突如立ち上がり、逃げようとするアリーの腕をつかんだ。「逃げるなよ。ちゃんと話そう」アリーを引き寄せる。「まだ僕たちの間には何もないと言うつもりか？」

　二人は長い間、無言で見つめ合った。

　アリーはしぶしぶ認めた。「いいえ」

彼は表情を和らげ、アリーの頬をなでた。「だったら自然に任せればいいだろう？」

「傷つくのが嫌なの。チャーリーだって傷つくわ」

アリーは彼から離れようとしたがだめだった。「そこまでする価値はないでしょう」

ショーンは長い間食い入るようにアリーを見つめた。やがて頭を下げ、唇を重ねた。激しく奪うようなキスだった。

アリーは逃れようとしたが、彼に頭を押さえられて逃げられない。その間、彼はもう一本の手を背中に回し、アリーをそばに引き寄せた。

こんなキスは初めてだ。激しく、官能的で、優しく、奪い取るようなキス。アリーはキスに溺れ、ショーンに寄りかかって彼のすべてを体で感じた。

ショーンはアリーの頭をさらに強く押さえ、気の遠くなるようなキスを仕掛けてくる。

アリーは彼のうなじに手をはわせた。彼が強引に、だが優しく舌と舌を絡ませる。

目が回りそうだ。彼の胸に手を置くと、薄いシャツの生地を通してたくましい筋肉と胸の鼓動が伝わってきた。何も考えられない。感じるだけだ。これまで誰にも感じたことのない、強烈な喜びを……。

ショーンが唇を離し、今度は喉にかけて熱いキスの雨を降らせ始める。続いてアリーの顔を両手で包んだ。

乱れた息でアリーを見つめる。「これでもつき合う価値はないと言えるのか？」

ショーンはそう言い置いて、踵《きびす》を返して立ち去った。呆然《ぼうぜん》とするアリーを一人残して。

5

アリーは診察室のドアを閉め、椅子に座った。パソコンの画面にちっとも集中できない。患者のリストや検査データにも。だめだ、何一つ考えられない。週明けの寒い月曜日、頭にあることといえば、ショーンのキスのことだけだった。

　なぜキスを許したのだろう。

　アリーはうめいて目を閉じた。だって、ああするしかなかった。少なくとも最初は。でもそのうち自分も熱中してしまった。そして二人の間で何かが弾《はじ》けた。これまで存在すら知らなかった何かが。

　アリーは目を開け、顔を上げた。あんなことは今後絶対にない。それにしょせん、ただのキスだ。

　背筋を伸ばし、心を静める。どんな顔で彼に会えばいいのだろう。ショーンは結局あのまま帰ってしまった。ろくに会話もせずにキスでアリーを骨抜きにし、乱れた心の後始末を彼女一人に押しつけて。その彼に、これから向き合わなければならない。

　アリーは気合いを入れ直した。山と積まれた検査データを順番に眺め、内容をチェックする。

　誰かがドアをノックした。ドアが開いてショーンが現れ、後ろ手にドアを閉めた。

　アリーを見て、唇を歪《ゆが》める。「そんな目で見るなよ。謝りに来たんだから」

「何を？　人の家に乗り込んで無理やりキスしたこと？」未知の世界に私を誘い、平和をぶち壊したこと？　アリーは心の動揺を覆い隠して彼をにらんだ。

「だから謝るよ。ノーと言われるのが嫌いなんだ」

「嫌いも何も、ノー以外の答えはないのよ」アリーはくるりと背中を向け、データと向き合った。

「なぜだ？　チャーリーを守るためか？　守る必要なんかない。人の出入りがあるのは人生の常だ」

　アリーはデータを見つめたが、目には何も映っていなかった。「そうとは限らないわ。安定して変わらない人生を手に入れる人もいる。私はそれをチャーリーに与えたいの。傷つけたくないのよ」

　ショーンは窓辺に足を運んだ。広い肩をこわばらせ、丘陵に目をはせる。「だから試しもせず、楽しみをあきらめるというのか？」

「チャーリーだけじゃなく、自分のためにもよ」アリーはショーンの背中を見つめた。「傷つくとわかっているから」

　ショーンが振り返る。「なぜわかるんだ？」

「わかるわよ」

　ショーンは頭をかきむしった。「何が望みだ？　将来の保証か？　そんなものはない。先のことなどわからずに、みんなつき合うんだ」

「あなたはわかっていてつき合うんでしょう。言ったじゃない、独身主義で子どもも欲しくないって。だから先は見えているわ。つき合うだけ無駄よ」

　ショーンは長いことアリーを見つめた。「そう考えるにはわけがあるんだ」

「わけ？」

　そこでノックがあり、ヘレンがカルテを抱えて入ってきた。ショーンを見て軽く微笑《ほほえ》む。「あら、ドクター・ニコルソン。ここだったんですか？」

　ショーンは笑顔を繕ったが、アリーは悔しくてたまらなかった。せっかくショーンの秘密が聞けそうだったのに。だが彼は時計を見て、これまでの会話はなかったかのようにアリーにうなずいた。

「もう行くよ、診察だ」

　アリーは彼が来る前より、さらに悶々《もんもん》とした気分で残された。

　ヘレンがいくつか質問をして部屋を去ると、アリーは気持ちを引き締め、外来を開始した。

一人目の患者はジェニー・モンローだった。思いつめた顔つきで、腿にガーゼを巻いている。

「こんにちは」アリーはショーンの問題を一時的に保留した。「あれからちゃんと予約は取れた？」

ジェニーがうなずく。「キャンセルが出て、翌日呼び出されたの。病理検査をしたけど、悪性の可能性が強いって。木曜日に結果を聞きに行くことになっているわ」

「ジェニー、お気の毒に」同情が湧いた。不条理だ。ジェニーはまだこんなに若いのに。

「ほくろの厚さを測ると、もっと詳しいことがわかるんですって」ジェニーはそこで泣きだした。「私、死ぬのね」

「そんなふうに考えちゃだめ！　結果はまだわからないし、結果が出たら最善の治療法を探せばいいんだから。ジェニー、死ぬなんてとんでもないわ」

ジェニーは鼻をすすり、アリーからティッシュをもらった。「そうね。がんでもうだめだと言われても生き延びる人だっているのに」

「そうよ、どんな病気でも、前向きな発想が何より大切なの。今はあなたの想像が暴走しているだけ。早期発見なら検診だけですむことだってあるのよ」

「雑誌に皮膚がんにはインターフェロンが効くって書いてあったけど、私も受けられる？」

アリーはまばたきした。昨今の患者は以前よりずっと知識が豊富だ。メディアより三歩先を行くことがクリニックの医者にとってどんなに大変か……。

「皮膚がんは、一般的に化学療法があまり効かないの。でもアルファ・インターフェロンはかなり有効よ。検査の結果が出たら、適用対象かどうかドクター・ゴードンに訊《き》いてみましょう。次の診察のときでもいいかも。今後の治療について知っておくことはとても重要よ」

ジェニーは唇を噛《か》んだ。「そんなの無理よ。がんと言われたらショックで何も耳に入らないわ」

アリーはジェニーの手を取って握り締めた。「誰か一緒に行ってもらったら？　ご主人は時間が取れる？」

「双子を見てもらわないと。母がいないから……」

ジェニーの目に涙が浮かぶ。アリーは電話を取って番号を打ち込み、手で通話口を覆った。

「ジェニー、次の診察はいつ？」

「木曜日の四時よ」

アリーは通話口から手を離し、しばらくして話しだした。「ママ、私よ。頼みがあるの」お決まりの母の台詞《せりふ》を笑顔でやり過ごし、それから真面目に切り出す。「八カ月の双子の赤ちゃんのベビーシッターを頼めない？」

しばらく話したあと受話器を置き、メモに住所を書いた。

「これが私の住所よ。五歳の娘がいて、夕方ここの仕事が終わるまで母が世話をしてくれるの。診察のとき、赤ちゃんをうちに預けて。それならドクターの話に集中して訊きたいことが訊けるでしょう」

ジェニーはメモを見つめた。「本当に？」

「ええ。もしも訊きそびれたことがあったら、私からあとで先生に伝えてあげる」

「ありがとうございます」ジェニーはメモを財布に入れ、派手に鼻をかんだ。「結果がわかればもっと落ち着くと思うけど。今はとにかく心配で」

「そうね。でも負けないで。〝がん患者を支援する会〟が助けになるかもしれない。本部はロンドンだけど、電話相談サービスがあるの。ベテラン看護師が、ドクターに訊けない疑問にも答えてくれるわ」

アリーはアドレス帳から別の番号を書き写し、ジェニーに渡した。

「それじゃ、母に木曜日のことを頼んでおくわ。何か気になることがあったら、遠慮なく電話してね」

立ち上がったジェニーは微笑んだ。少し気が楽になったようだ。「なんとお礼を言えばいいのか……」

「いいのよ」アリーも立ち上がり、ドアまで送る。

「じゃあ、またね」

ジェニーが帰るのを眺めながら心で祈った。どうか腫瘍が初期でありますように。いいえ、それよりも、良性でありますように。

その後インフルエンザが流行し、クリニックは週末まで大忙しだった。

そんなある日、アリーは死ぬほど忙しい朝の外来を終え、スタッフルームの椅子にどさっと座った。

「ああ、体がずきずきする」

「インフルエンザ？」ルーシーが気遣ってコーヒーとビスケットを勧める。

「そうじゃないことを祈るわ」アリーはコーヒーだけ受け取って、ビスケットは辞退した。「病気している暇なんかないわよ、医者なのに」

「マスクをしたほうがいいわね。今朝の患者さんたち、みんなインフルエンザっぽかったから」

「そうね」そのとき電話が鳴った。受話器を取ろうとしたところへショーンが入ってくる。とたんにアリーは緊張した。「もしもし？」しばらく話を聞き、ペンと紙を取る。「ええ、私の患者です。どうぞ」何かを書き取り、微笑んだ。「ありがとうございます。ええ、私から話します」

受話器を置き、ルーシーに微笑む。「検査センターからよ。フェリシティ・ウェブスターは水疱瘡《みずぼうそう》の抗体があるって。一つ悩みが解消したわ」

「よかった」ルーシーも安心したようだ。「先週、セインズベリーでフェリシティを見かけたけど、すぐにも生まれそうだった。予定日はいつ？」

「まだ二週間先よ」

ルーシーは首を振った。「二週間ももたないわ。土曜日までには生まれそう」

「すごいな、まるで予言者だ」ショーンはルーシーの隣の椅子に腰かけ、長い脚を伸ばした。

ルーシーがあくびをする。「お産だけだけどね」

アリーは笑った。「産婦人科に行けば重宝されるわよ。エコーなんかいらないって。ルーシー、疲れているみたいだけど大丈夫？」

「ええ」ルーシーは目をこすり、あくびをした。

「訓練のせいよ。もうすぐレッドとテストなの」

ショーンが眉を上げた。「レッドって？」

「うちのボーダーコリー。救助隊に入るための訓練を受けているの。ところで土曜日の花火は行く？」

ルーシーがアリーとショーンを見る。アリーは赤面した。カップル扱いはやめてほしい。ウィルもジャックも、そしてルーシーまで。

「ああ、行くよ」ショーンはアリーの目を見て言った。「チャーリーと約束したから」

約束？　初耳だ。ショーンも来るだろうとは思っていたが、一緒に行くことになろうとは。

「私も食べ物を担当することになったの」ルーシーが続ける。「ジャックが五ポンドで食券を売ろうって。いいアイデアでしょう。ベイクドポテトみたいな、ちょっとしたものだけどね」

アリーはショーンから視線を引き離し、笑顔を繕った。「すてき。寒い夜にはぴったりね」

挨拶をして診察に向かう。仕事が忙しいのはありがたかった。ショーンのことを考えずにすむから。

最初の患者はメアリー・トンプソンだった。相変わらず表情がさえない。

「こんにちは、メアリー。咳《せき》は治りました？」アリーは優しく尋ねた。

「咳？　ああ、それは大丈夫です」

「よかったわ。それじゃあ、今日はほかに何か？」

メアリーは落ち着かないそぶりでコートの端をつかんだ。「言いにくいんですけど……」

　アリーは身を乗り出し、メアリーの手を取った。「やっぱり何かあったのね。よかったら話してくださらない？」

　メアリーは首を振ったが、それから突然泣きだした。アリーはティッシュを取ってやり、メアリーが落ち着くのを待った。

「ごめんなさい。私ったらみっともないわ」

「いいのよ。話して」アリーが促すと、メアリーは大きく息を吸った。

「夫のことなんです。ちょっと問題があって」

　ちょっとどころではなさそうだとアリーは思ったが、メアリーが言い終えるのを待った。

「今の仕事になってからなの。いつも人にぺこぺこして、売り上げ会議だの、目標数値だのに追われて……それで、お酒を飲みだしたんです。浴びるように。新聞をご覧になったでしょう？」

　嘘《うそ》をついても始まらない。アリーは正直に認めた。

「ええ、読んだわ」

「これまでつかまらなかったのが不思議だわ」メアリーはティッシュを丸めた。「たった一年で大酒飲みになって」

　そして運転を……。事故がなかったことが不幸中の幸いだ。

「私がご主人とお話ししてみましょうか？」

　メアリーは肩をすくめた。「新聞に出る前ならお断りしたわ。主人はとてもプライドが高くて、人に頼るのが嫌いなの。でも今ならとてもしょげているから素直になれるかもしれない。説得してみます。私も何をしてあげればいいかわからなくて……」

　アリーは首を振った。「メアリー、そんなにひどいなら専門家に任せたほうがいいわ。ご主人の現在の健康状態を調べて依存症から脱却するの。だからまずここに連れてきて。本人の強い意志がないと治療は成功しないわ」

　メアリーは意気消沈してため息をついた。「できるかしら」

「酔ったご主人に暴力を振るわれたことは？」

「ありがたいことに、それだけはないわ」

「とにかく連れてきて」メアリーが帰る前に、アリーは繰り返した。「お役に立ちたいの」しょんぼりと去るメアリーの後ろ姿を眺め、アリーは思った。ウィルに相談しよう。メアリーの夫を来させるいい知恵があるかもしれない。

　帰宅すると、チャーリーがアリーの母とキッチンでお菓子を焼いていた。アリーはバッグを置き、キッチンのドアを開けて鼻をくんくんさせた。「ああ、いい匂い」ショーンがテーブルで母と歓談しているのを知り、ぴたりと立ち止まる。彼がなぜここに？

「おかえり」母はテーブルを拭いているところだった。「冷凍庫の補充をしたの。ねえ、チャーリー？」

「うん」チャーリーが顔中を粉だらけにして笑った。

「うちにオレンジケーキを一個、ジャックおじちゃんのパーティにはチョコケーキを二個作ったの」

「二個は寄付するけど、それ以上は買ってもらうことにしたから」アリーの母親は朗らかに続けた。

「ここのところ農場がとても忙しいの。今日はお料理する暇もなくて鍋料理《キャセロール》を用意してきたわ。ショーンも一緒にどうかと思って」

　アリーはあんぐり口を開いた。

　ショーンが立ち上がり、慇懃《いんぎん》にアリーの母に微笑む。「ありがとうございます、ミセス・マグワイア。ひとっ走りしてワインを取りに行ってきますよ」アリーの反応を眺め、愉快そうに目を輝かせる。

　彼が消えるなり、アリーはチャーリーに本を取りに行かせ、母に迫った。「何を企《たくら》んでいるの？」

　母は最後のスポンジケーキを金網にのせた。「あの魅力的な彼をぜひディナーに呼びたいと思って」

「来てほしくないわ！」

「まあ！　頭を診てもらったら？」母は汚れたケーキ型をシンクに置き、蛇口をひねった。「ハンサムで頭がよくて独身で。もしパパがいなければ、私が一緒に食べたいくらいよ」

　アリーはコートを脱いだ。「信じられないわ。会ったばかりの人を娘とくっつけようとするなんて。どういう人かもわからないのに！」

　エレイン・マグワイアは手を止め、美しい眉をひそめた。「あら、わかっていますよ。あの子が三歳のときから」

　アリーは腰を抜かしかけ、かろうじて椅子に座った。「私は覚えていないわ」

「あなたはまだ小さかったから」

「ショーンの両親とも知り合いなの？」

「いいえ」エレインは表情を曇らせた。「ショーンはね、二歳のとき、お母さんに育児放棄されたの」

　アリーは目を見開いた。育児放棄？　実の母親に？　そんなことがあるの？　体が震えだす。座っていてよかった。まさかこんな話を聞かされるとは。

「お父さんは？」

「さあ。お母さんにも父親が誰かわからなかったんじゃないかしら。ここらへんでは有名な話よ。あの子は養父母の家を転々としたの。ウィルとモリーに会わなければ、人生を誤っていたでしょうね」

「ウィルとモリー？」それで話がつながった。子どもは二親持つべきだという彼の主張も、独身主義も。

「ええ、ウィルとモリーはショーンに念願の家庭を与えたの。それだけじゃないわ」エレインはエプロンで手を拭いた。「レジャーセンターの活動をさせたのよ。そこでショーンはジャックと知り合ったの。センターを手伝いながらレッスンを受けて、その後軍隊に入ったんだけど、それから消息がとぎれて……。まさかドクターになったなんてね。まさしくウィルの影響だわ」

「彼、医師としてはずば抜けて優秀よ」彼の活躍を思い出して、アリーは言った。クールで自分を失わず、とても気が回る。ピートに対してもそうだった。

「そうでしょうね。恐ろしく頭のきれる子だったわ。でも学校はサボるし、考えるより先に手が出るタイプで」

アリーはゆっくり首を振った。「なぜウィルは一度もショーンのことを話さなかったのかしら？」

「カーター家ではいろいろな子の面倒を見ていたから。ショーンとは疎遠になっていたんじゃない？」

すべては経験論だったのね。アリーはケーキのかけらを指先で弄んだ。「今度も長居するつもりはなさそうよ。ウィルには世話になったお返しだって」

「わかるわ」母はケーキの型を拭き、テーブルに置いた。「だったら早急に行動を起こさないとね」

「ママ？」

エレインはため息をついた。「アリー、私だって、あなたたちがお互いに気があることぐらいわかるわ。これまであなたがチャーリーのために生きると言っても反対しなかった。それほど値打ちのある男性に巡り合えなかったからよ。でも今度は違う。これを逃したら後はないわ」

「でも彼は、結婚が嫌で子どももいらないそうよ」

「そう思い込んでいるだけよ。あんな子ども時代を送れば、仕方がないでしょう？」

「そうね」アリーは世の親たちについて、彼が口にした言葉を思い出した。それほど悲惨な家庭生活を送れば、結婚不信になっても仕方がないかもしれない。「でも、それで彼が去っていったら？」

「思い出はできるわ。納得できる相手なら悔いはないでしょう。ロブやポールのことは考えないで。あの人たちにあなたの一生を左右する権利はないわ」

「でも、チャーリーは……」

「大丈夫、あの子だってガラスでできているわけじゃないし」エレインはケーキが冷めたのを確かめてラップで包んだ。「チャーリーは我慢強い子だもの。さて、そろそろ帰らないとお父さんが心配するわ」

エレインはアリーにキスをし、コートを取って帰っていった。アリーはテーブルについたまま考えに耽《ふけ》った。

数分後、ショーンがボトルを手に戻ってきた。

「お母さんは？」

「え？　ああ、帰ったわ。ついでにジャックのところに寄ってケーキを置いていくって」

ショーンは眉根を寄せ、ワインをテーブルに置いてコルクを抜いた。「どうかしたのか？」

「なんでもない」アリーは立ち上がり、キャセロールのふたを取ってかきまぜた。

「お母さんが僕のことをとんでもないろくでなしだと言っていなかったか？」

アリーは笑い、洗い桶《おけ》にスプーンを入れた。戸棚からグラスを二つ出して彼に渡す。彼が琥珀《こはく》色のワインを注《つ》ぎ、一つをアリーにくれた。

「その反対。早くあなたとベッドに飛び込めって」

しばしの沈黙ののち、ショーンが大笑いした。

「そんなことを？　さすがは君のお母さんだな」

「母はあなたを知っているって」

ショーンの顔から笑みが引いた。「それで悲惨な生い立ちを聞かされたってわけか」

アリーはワインに口をつけた。「あなたがあんなに結婚を嫌がっていたわけがわかったわ」

「そうか」

「辛《つら》かったでしょうね――」

「同情ならたくさんだ！」ショーンは怒りに目をぎらつかせた。「哀れだから僕と寝ようって？」

アリーは眉根を寄せた。「よして」

「哀れむのはやめろ。顔に書いてあるぞ。僕は愛情に飢えた子どもだから優しくして更生させようと」

「そんなことは言っていないわ」

「言う必要はない」ショーンは口を歪め、ワインをいっきに飲み干した。「夕食はいい。食欲が失《う》せたよ」そしてテーブルに叩《たた》きつけるようにグラスを置き、唖然《あぜん》とするアリーを残して立ち去った。


翌日、アリーはショーンの診察室のドアを叩いた。無愛想な声が、入れと告げる。アリーの姿を見て彼はパソコンの手を休め、冷ややかに言った。

「何か？」

アリーはまくし立てた。「謝りに来たの。母はあなたのことを悪く言ったわけじゃないわ。それに私は同情なんかしていない。まったくしていないと言ったら嘘になるけど――でも、それとベッドに飛び込む云々《うんぬん》とは関係ないわ」

ショーンは椅子にもたれ、片方の眉を上げた。

「つまり、同情しているのか、寝たいのか、どっちだ？」

「どちらでもないわ」アリーは耳まで赤くなった。

「ごめんなさい、でも……うまく言えない」

ショーンは立ち上がってそばに来た。「僕のほうこそすまなかった。昔の話は好きじゃないんだ」アリーのあごを上げ、表情を目で確かめる。「それで、お母さんの忠告に従うのか？」

アリーは顔をそむけた。「ずるいわ」

「ずるいのはどっちだ」ショーンはアリーの顔を無理やり自分のほうに向かせた。「じらされているのはこっちだぞ」

「勝手なこと言わないで」

彼が親指でアリーの唇をなでる。「君のせいで、頭がどうかしてしまいそうなんだよ」

アリーは動けなくなった。「言いがかりだわ」

「ああ、口で言うだけだ。この先は想像するしかない」

心臓がどきどきし始め、彼の手を振りほどく。

「この先なんかないわ」

「いいかげん眠らせてくれ。いや、そうなったら眠れなくなるか」

アリーは唾をのんだ。「傷つくのは嫌よ」

ショーンが額をさすり、弱った様子で笑った。

「正直、どっちが傷つくのかわからないぞ」

「あなたは人を愛さないんでしょう。忘れたの？」

鋭い切り返しに、ショーンが絶句する。

アリーはドアを開け、にんまり笑った。

「おい、待て、アリー。戻ってこい」

「診察に行かなくちゃ、ドクター・ニコルソン」

アリーは勝ち誇って部屋を出た。ショーンと、行き場のない欲望を置き去りにして。

6

焚き火《ボンファイア》パーティの夜は爽やかに晴れ渡っていた。

アリーはメイクの仕上げをして鏡で服装をチェックした。目と同じブルーの厚手のセーターにタイトなジーンズ、ジーンズの裾はスエードのブーツに押し込んである。眉根を寄せ、ブーツを見下ろす。汚れるかしら？　大丈夫。このところずっと寒かったから、地面はかちかちだ。髪を結ぼうとしてすくい、ふと手を離した。屋外は寒すぎておしゃれできないから、せめて髪ぐらい下ろしていこう。別にショーンの気を引くためではない。

香水を吹きかけ、分厚いウールのコートとマフラーをつかむ。

「ママ！」リビングからチャーリーの声がした。

「ショーンが来たよ。早く早く！」

アリーは呼吸を整え、寝室の明かりを消して、らせん階段を下りた。

ショーンが階段の下で待ち受けていた。厚手のジャケットを着た肩はいつにも増してがっしりと見える。彼の目がゆっくりとアリーの体をさまよい、下ろした髪に留まったあと、顔に向けられた。その熱い視線はアリーの瞳にしばし釘《くぎ》づけになり、やがてチャーリーに注意を向けた。

「すごーい！」髪を毛糸の帽子に押し込んだチャーリーが、階段の下で飛び跳ねた。「ママ、髪を下ろしてるとシンデレラみたいよ。ねえ、ショーン？」

「ああ、そうだな」ショーンが照れくさそうに笑って促す。「そろそろ行こう。早く行って手伝うとジャックに約束したから」

「わあい、花火だ」チャーリーがショーンの手を握ると、ショーンはチャーリーを抱き上げた。

「よしよし、今連れていってやるからな」

ショーンはアリーがドアに鍵をかけるのを待ち、それから一緒に車へ向かった。アリーは愛車の隣に止められたぴかぴかのＢＭＷを見て立ち止まった。

「あれは？」

ショーンは笑った。「シンデレラの馬車だ。真冬に田舎医者とバイクじゃしっくりこないだろう？」

「すてき」アリーは車に乗り、革張りの椅子をなでた。

「君だって買えるじゃないか」ショーンがシートベルトを締めながら言った。「なぜ生活が苦しいのかわからないよ。収入は十分なのに」

アリーは窓に目を向けた。そうよ、借金さえなければ。でもそのことは言いたくない。

「遅れるわ。行きましょう」アリーが促すと、ショーンは彼女を見て小さく肩をすくめた。

「まあ、僕が言うことじゃないが……。いいとも、行こう」ショーンはハンドブレーキを下ろし、会場まで車を走らせた。

現地はすでに大賑《おおにぎ》わいだった。巨大な焚《た》き火にチャーリーが目を真ん丸くする。

「ママ、見て！　もっと近くに行っていい？」

アリーはためらった。「あまり近づくと危ないわ」

「僕が連れていくよ」すかさずショーンが申し出て、チャーリーを肩車して焚き火のほうへ連れていった。何がそんなに不安なの？　アリーは二人を見送りながら思った。火が危ないから、それともショーンがチャーリーと親しくなったから？　これも私に近づく作戦ではないかと思ってしまう。アリーは不安を振り払い、飲み物のテントに向かった。なじみの顔に微笑《ほほえ》んでコーヒーの列に並ぶ。テントの外が騒がしいのでそっと覗《のぞ》くと、メアリー・トンプソンの夫が不自然に高笑いしていた。妻が心配そうに座を取りなしている。酔っているのだろうか？

コーヒーのことは忘れ、外に出る。最初トンプソン夫妻の姿はなかったが、そのあと大きな声がして、広場の隅にある木の下でもめている人影を発見した。ジェフ・トンプソンが妻を怒鳴りつけている。彼は手を振り上げると、妻を殴った。

アリーは怒りの声をあげ、二人のほうへ駆けだした。着いてからのことも考えずに。ともかくジェフを止めなくては。行ってみると、ジェフはへべれけになっているのがわかった。

「邪魔するな！　このでしゃばりめ！」よろめきながら、どろんとした目でジェフが振り返る。

「ドクター・マグワイア！」メアリーはこめかみから血を流していた。「どうかかまわないで」

「ご主人はあなたを殴ったのよ！」

「引っ込んでろ。お前も殴られたいのか？」ジェフがアリーのジャケットの胸倉をつかみ、乱暴に突き放した。アリーはどうにか転ばずにもちこたえたが、代わりに怒りが爆発した。

「口出しはしないわ。メアリーのけがを見せて」

「邪魔するなと言っただろう！　痛い目に遭いたいのか！」ジェフがこぶしを振り上げる。

「彼女に指一本でも触れてみろ。お前も歩いて帰れなくしてやるぞ」氷のような冷たい声がした。ショーンだわ！　安堵《あんど》がどっとこみ上げる。「アリー、ミセス・トンプソンを救急テントに連れていくんだ。僕もすぐ行く」

アリーはメアリーの肩を抱き、ショーンを振り返った。すごんだ顔で目がぎらぎら光っている。ジェフも怖くなったらしく、大げさに言い訳し始めた。

「ショーン、チャーリーは？」

ショーンは振り返らなかった。「ジャックといる」

そうだ。ショーンがチャーリーを一人にするはずがない。アリーはメアリーをテントに促し、椅子に座らせた。セントジョン病院の救護班が飛んでくる。けがの具合を見てみると、傷は表面だけだった。

「見た目ほどひどくないわ、メアリー。頭は出血しやすいの。縫うほどじゃないから絆創膏《ばんそうこう》を貼っておくわね。でも、目の周りは青くなるかも」

救急セットの中から絆創膏を探していると、ショーンがテントに入ってきた。

「メアリーのけがは？」

「傷は大丈夫だけど、ショックが大きくて……」

ショーンがうなずく。「話がある。あとで外に」

アリーは驚いたが、とりあえず手当てを終え、メアリーの手を軽く叩《たた》いて立ち上がった。「どこか今夜、泊まれるところはある？　ジェフがしらふに戻るまで近づかないほうがいいわ。酔いがさめたら、また相談しましょう」

「友達の家に泊めてもらうわ」メアリーは静かに答えた。「でも、ジェフを救えるのは彼自身だから」

「あなたが今夜帰らなければ、ご主人も事の重さに気づくわよ」アリーはメアリーの手を握り締めた。「もうしばらくここにいて。お友達には誰かに連絡してもらいましょう。きっとうまくいくわ」

救護班のスタッフがお茶を差し出すと、メアリーは軽く会釈して受け取った。

テントを出たアリーは、焚き火のほうを見た。チャーリーが心配だ。だがショーンが肩をつかみ、無理やり彼のほうを向かせた。

「いったいどういうつもりだ？」

彼の目は怒りがむき出しだ。つかまれた肩が痛い。

「なんのこと？」

彼はもどかしそうにアリーを揺さぶった。「言わなくてもわかるだろう！　酔っ払いが女房ともめているところに首を突っ込むなんて」

「それが何か？」

「次は君の番だったんだぞ」

アリーは眉根を寄せた。「助けてくれたのはありがたいと思っているわよ」

ショーンはアリーを放し、頭をかきむしった。

「ちっともわかっていない。一歩間違えば大けがするところだったんだぞ。君は夢中になると何も見えなくなる！」

「つまり、メアリーが殴られるのを黙って見ていろってこと？」

「必要ならな。自分が割って入るんじゃなく、僕かジャックか警察を呼べばいい。あのとき僕がいなかったらどうなっていたと思う？」

「人を呼ぶ暇なんかなかったわ。ジェフはメアリーを殴っていたのよ！」アリーも目をぎらつかせ、怒りを爆発させた。

「ああ、そうだ。それで次は君の番だったんだ！　そんなにでしゃばると、いつか必ず痛い目に遭う。もう少し身の安全を考えろよ。自分の三倍も図体《ずうたい》のでかい酔っ払いに向かっていったり、山の中を一人でほっつき歩いたり――」

「またそれ？」

「五歳の娘がいるのに無責任すぎるだろう！」

アリーはこぶしを握った。「自分はどうなの？　これまでずっとお気楽な人生を歩んできたんでしょう、周囲のことも考えずに。そんなあなたに責任を論じる権利があるの？」

こんな人を魅力的だと思うなんてどうかしていた。どこかへ行ってしまえばいい！「娘には責任を持っているわ。だからあなたとつき合わないのよ！」

そう言い捨てると、アリーは猛然と歩き去った。涙がこみ上げてくる。泣くもんですか。ショーンに勝ったと思わせるのは癪《しゃく》だ。人を助けようとして何が悪いの？　まったく腹が立つ！　騒ぎをおさめられるのは男だけだと思っているのだ。しかも、私がチャーリーをなおざりにしているなんて！

遠くにジャックの姿を認め、ほっとしてそちらへ向かった。ショーンなんか知るもんですか。ありがたいことに、出席者はみな焚き火の周囲に集まっていて、二人の口論には気づかなかったようだ。

ジャックと一緒に、ウィルとその妻モリーがいた。そばでチャーリーが跳ね回っている。

「ママ！」チャーリーが大喜びで叫んだ。「ウィルおじちゃんに、このすっごく大きな棒つきチョコレートをもらったの。食べてもいい？」

ウィルの探るような視線を感じ、アリーは弱々しく作り笑いをした。「ええ、いいわよ」

「あと十分で花火開始だ」ジャックが時計を確認し、群衆に目をやった。

「ジャック、大盛況ね」モリーがマフラーを首に巻きつけ、アリーに微笑んだ。「ショーンとはうまくやってる？　あなたのところにいるんですって？」

「じつにうまくやっておるとも」ウィルは言ったあ

と、こっそりアリーの袖を引いてひそひそ話をした。

「何かあったのかね？」

もとはといえばウィルのせいだ。「さあね」

「アリー」ウィルがなだめるように微笑んだ。アリーは肩を落とし、寂しそうに炎に目をやった。

「私たち、まったく気が合わないの」

「そんなふうには見えないが」

「いいえ、そうよ」寒そうに首を引っ込める。「だからくっつけようとするのはやめて。顔を合わせれば喧嘩《けんか》ばっかり。あの人とはやっていけないわ」

ウィルはアリーを見つめた。「そうは思わん。ショーンがいろいろ言うのは君を守りたいからだ」

「そうかもしれないけど……」

「君の山歩きをとやかく言うのもそうだよ」

「それはどうだか。でも、たとえそうでも――」

「恋人を守りたいと思うのは、男として当然だ」

母だけじゃなくウィルまで！「私はショーンの恋人じゃないわ。遊びで誰かとつき合って平気で別れたりできないもの」

「ショーンがそんな男だと思うのか？」

「ええ、そうよ。五分と同じ場所にじっとしていたためしがないでしょう」

「子どものころの癖が抜けんのだよ。なんにでも手が早くて、人を信じない。だがそれはあの子のせいじゃない」ウィルがあごをさする。アリーは寒さに震えてマフラーの中に首を縮めた。

「今さら変わるもんですか」

「そうかね？愛を知れば人は変わるぞ」

「ウィルったら、おとぎ話の読みすぎよ」

アリーは焚き火を見つめた。まぶたにショーンの顔が浮かぶ。傲慢そうに上げたあご、吸い込まれそうなあのまなざし。彼が愛を知ることなどあるのだろうか？

「彼は自分をさらけ出さない。自制心を失うほど人を愛したりするかしら」

「するとも。本人が認めようとしないだけさ」

アリーはウィルの一途《いちず》な視線を感じ、目を上げた。

「ウィル、やめて。私じゃだめだから」

「何を言うんだ。相性抜群だと思うがな」

「いいえ、ショーンが私に気があるとしても、それだけよ。彼には従順で家庭的な女性が向いているわ。私みたいなじゃじゃ馬は危なっかしくて見ていられないのよ。彼のタイプじゃないわ」

ウィルが笑いながら言う。「何を言うか。まさにショーンのタイプだとも」

「でも、あとで泣きたくないわ」

ウィルはひょいと肩をすくめた。「泣くか泣かないか、試してみなさい」

試してみろと、ショーンも言っていた。でも私は嫌。なぜ嫌なのか、アリーは考えた。ほかのことには向こう見ずなのに。ショーンだっていつもそれを怒っている。なぜ今回はできないのだろう。敷地の外れで救助隊員の一人と談笑しているショーンが見えた。この距離からでも彼の堂々とした体格は見映えがし、いやおうなく目が釘づけになった。

そのときふいに名前を呼ばれ、アリーは振り返った。ジェニー・モンローが夫と双子を連れてやってくるのを見て、アリーは微笑んだ。

「ドクター・マグワイア、木曜日はベビーシッターを頼んでくださってありがとう」

アリーはブロンドの髪を片側に寄せた。「いいのよ。それで、先生とは話せた？」

ジェニーが目配せすると、夫が話を引き取った。

「先生の話では、ほくろの厚みがないので手術はいらないということでした。早期に発見できてよかったと喜んでくれましたよ」

アリーは二人に微笑んだ。「よかったわ」

「これから定期的に検診を受ければいいんですっ

て」ジェニーは双子の一人を抱え直した。「化学療法は必要ないと言われたんだけど、なぜかしら。ドクター・マグワイア、あとで説明してくださる？」

「もちろんよ。都合のいい時間に予約を取って」

アリーはその後しばらく夫妻と話し、再びウィルたちのそばに戻った。


ジャックは全員が正しい持ち場についているか、花火の最終確認をした。爆発音とひゅうっという音に続き、夜空が明るく照らし出される。会場の歓声がそれに続いた。

誰もが空を見上げていたとき、冷気を突き破るような悲鳴があがった。

「なんだ？」振り返ったジャックは、十代の少年が火だるまになって走り回っているのを見て血相を変えた。「大変だ！」

アリーも凍りついた。が、次の瞬間、無我夢中で少年めがけて駆けだした。

「伏せて！　止まりなさい！」走ればますます火があおられる。しかしその声が少年に届くはずがない。アリーは肺が破れそうになるまで全力疾走した。そばに近づいたところでコートをむしり取るように脱ぎ、それで少年をはたこうとしたが、アリーよりショーンのほうが速かった。

ショーンは鮮やかなタックルをかけて少年を倒し、ジャケットで包むと、残りの火を素手ではたき消した。少年はまだ金切り声をあげていたが、その声は徐々に弱まり、最後は力のない目で二人を見上げた。顔は煤《すす》だらけで黒焦げだ。

「救急車を呼んで！」アリーは集まってきた群衆に向かって叫び、ショーンに言った。「まだ火がくすぶっているわ。服を脱がせないと」

言われるまでもなく、焦げたジャケットをはぎ取っていたショーンは、さらにシャツに手をかけた。

「冷たい水を大至急くれ！」そばにいた赤十字のボランティアをつかまえ、テントに取りに行かせる。

「ついでにラップもね！」アリーが後ろから叫ぶ。

ショーンは服をはぎ取りながらうなずいた。

「気がきくな」人ごみの中を目で探る。「おい、ジャックはいるか？」

「ここだ」ジャックが緊迫した面持ちで進み出た。

「何が必要だ？」

「モルヒネと酸素と点滴セット」アリーは口早に言い、ウィルが差し出した聴診器をつかんだ。「ありがとう」

「皮膚の損傷具合を見て点滴しよう」ショーンは冷水をもらい、体にへばりついている衣服にかけた。

アリーは手早く火傷《やけど》の範囲を見積もった。九の法則を使って体表面積の損傷の割合を出す。「体幹の前面ほぼ全部と左上肢の一部、左下肢の一部、背中の一部。二十八パーセントぐらいかしら」

ショーンは目で確かめ、うなずいた。「ああ、そうだな。Ⅲ度の熱傷だ。急いで痛み止めをしよう」

アリーがジャックのくれた箱から太い針を出して患者の手に刺し、ショーンが痛み止めを注射する。

救急車のサイレンが聞こえてきた。

「すぐに病院に運ぼう。胸の音は？」

アリーは聴診器で胸の音を聴き、煙や炎による損傷がないか確かめた。「音はきれいよ」

ショーンが髪をかき上げ、大きく息をつく。「よかった。それじゃあ患部を覆って点滴を入れるぞ」

「体重はどのくらいかしら」アリーは少年の体の大きさを目で測りながら眉根を寄せた。「誰かこの子と一緒に来た人は？」

「いないみたいだ。今捜してもらっているが」ジャックが横で言う。「ほかに必要なものはあるか？」

「ペンと紙だ。体液損失量の計算をしないと」ショーンが立ち上がり、あごをさする。「計算機はない、よな?」

「あるぞ」救命士のダニエルが救急車から取ってきた。「ソーラーだ。懐中電灯で照らしてくれ」

「ありがとう」ショーンは計算機に数字を打ち込み、難しい顔でアリーに言った。「ええと、どうなる? 二十八パーセントかける体重で……」

「体重は五十八キロぐらいじゃない?」

「そうだな。よし」そこでまた数字を打ち、必要な補液量を計算する。「出たぞ。四時間以内にこれだけ必要だ。このメモを持たせて病院に伝えよう」

アリーは点滴に薬を入れ、それを少年につないだ。それから二人で体液損失を防ぐためにラップで少年の体を包み、さらに毛布で保温した。

「どちらか一緒に来てくれないか」ダニエルが担架を持ってきて言うと、ショーンが笑った。

「今度は僕の番だ。君はチャーリーを連れて帰れ」

アリーは心配そうに火傷したショーンの右手を取って裏返した。「あなたもひどい火傷よ。ついでに病院で診てもらって」

一連の騒動の中で、ショーンが残りの火を素手ではたき消したことを忘れていた。

ショーンが手を引っ込める。「痛みがあるから、つまりは大したことないということだ」

重度の火傷は痛みを感じない。神経までやられるからだ。ショーンが痛いと感じるなら、火傷は表面的なものだろう。

「そろそろ行くよ。君はジャックに乗せてもらえ。僕の車はあとでウィルに届けてもらう。それじゃ」

ショーンは救急車に乗り込んだ。救急車は人ごみを縫って会場から走り去った。

アリーがチャーリーを引き取ってウィルに挨拶し、ジャックに送ってもらって家に着いたのは深夜近くだった。アリーと同様にチャーリーも疲れていて、おかげでその夜は記録的な速さでチャーリーを寝かしつけることができた。一人になったアリーは、暖炉の脇にしつらえられたふかふかのソファに崩れるように腰かけた。炎を見つめながら、最初は火傷した少年のことに、それからメアリー・トンプソンのことに思いをはせる。かわいそうなメアリー。あれでは心配するはずだ。もしも夫婦でうまい手が見つからなければ、こちらからいくつか提案してみよう。

　車が砂利を踏む音がした。アリーは玄関ドアに飛びついて取っ手を引いた。ショーンが降りてくる。

「大丈夫？　どうだった？」

　ショーンは肩をすくめ、タクシーの運転手に料金を払った。寒さのため、息が凍る。「あの子は熱傷治療室に移された。かなり皮膚の移植が必要だ」

　アリーは後ろに下がってショーンを中に入れた。彼は疲労困憊《こんぱい》している。

「大変だったわね。入ってゆっくりしていって」

「追い出さないのか？」

「お行儀よくしていればね。弱っているときは大丈夫よ」

　ショーンはソファに身を投げ出し、やれやれと目を閉じた。「だったら今日は安心だ。へとへとだよ」

「手当てしてもらったのね」

　ショーンはビニールを巻いた手を眺めた。「参ったな。どうやってこれで患者を診るんだ」

「文句言っちゃだめよ」アリーはもう一本薪《まき》をくべて振り返った。ショーンの熱い視線に胸を高鳴らせる。「抗生剤を塗ってもらった？」

「ああ。虫が入ったら、そいつは即死だろうな」

アリーは暖炉の前に座った。炎で顔が熱い。

「すぐ外れるわよ。しばらくは患者さんと話すだけにしたら？」

　ショーンは長い脚を投げ出した。「すみません、ミセス・スミス。手にビニールを巻いているので診察できませんって？」

「あなた、勇敢だったわね」

「僕がやらなきゃ君がやっただろう？　だからさ」

その前に喧嘩したことも忘れて、アリーは笑った。

「また私を守ってくれたのね」

「恋人に対する責任だよ」

心臓が早鐘を打つ。「私はあなたの恋人じゃないわ」

「そうしてみせるよ」

「ノーという言葉は受け取らない主義？」

「ああ」

アリーはどぎまぎしながらわざと絨毯《じゅうたん》の毛玉をつまんで話題を変えようとした。「何か作りましょうか？　お腹が空いたでしょう」

「ああ」彼の目がアリーの唇に落ちる。「いいね」

「なんのことかわかってる？」

「ああ」ショーンは笑って立ち上がった。「食事はいらない。それより寝たいよ、君と」

「ショーン！」

「行こう」けがをしていないほうの手を出す。その目の語るところは明らかだった。

「だめよ」

アリーの手を取って引っ張る。「いいじゃないか」

「だめ」

彼は顔を近づけ、唇を重ねた。「アリー」

期待に胸が躍る。アリーは応じるように口を開いた。前回のような性急さはなく、穏やかで優しいキスだった。だが神経に与える効果は同じだ。彼が巧みに舌を絡める。アリーは小さく声をあげ、ショーンにすり寄った。彼がさらにそばに引き寄せ、アリーも彼の胸に手を重ねた。続いてその手を上に滑らせ、彼の首を抱いた。

すると、「痛っ」と声がして、アリーはぱっと離れた。ショーンが火傷の手をさすっている。

アリーはたちまちわれに返った。いったいどうしたの、だめだと言っておいて唇を許すなんて。

「やっぱり今夜は一人で寝るよ」ショーンはアリーの唇に親指でそっと触れ、ビニールの手を見て苦笑した。「どうせなら両手が使えるほうがいい」

そんな日はこないわ、と言わなければ。でも頭がかすんで口もきけない。アリーはその場に立ち尽くしたまま、彼を見送るしかなかった。

月曜の朝、アリーがまずはじめにしたことは、ドクター・ゴードンに電話をかけてジェニー・モンローの病気について尋ねることだった。以前にも思ったが、やはりゴードンは頼りになる。

「腫瘍は全部切除した。腫瘍はまだ真皮に及んだばかりだったよ」ジェニーの腫瘍は皮下脂肪に及ぶ前に切除されたようだ。

アリーはペンで机を叩き、安堵のため息をついた。

「つまり、いいニュースということですね？」

「そのとおり。もちろん経過観察は必要だし、定期的な検診も必要だが、基本的には問題ない」

「感謝します、ドクター・ゴードン。本当によかった」

「ああ、僕もうれしいよ」

アリーは受話器を置き、さっそくジェニーに連絡した。ゴードンの話をかいつまんで話し、腫瘍の発見が早期であった点を明確にする。

ジェニーが了解して問題が落着すると、ヘレンにインターコムで外来を始めるよう指示した。

「ミスター・トンプソンが来ているわ」ヘレンが告げる。「九時の予約の人がまだだから、先に通してもいい？」

ということは、彼なりに何か手を打つ気になったのだろう。メアリーのためにもよかった。「ええ、通して」

ジェフ・トンプソンがとても居心地悪そうに現れ

た。かなりやつれたようだ。

「こんにちは、ミスター・トンプソン」アリーは笑顔で椅子を勧めた。

「笑顔で出迎えてもらえるとは思いませんでした」ジェフはしわの寄った額を大きな手でさすった。

「あなたには助けが必要だわ、ミスター・トンプソン。だから来たんでしょう？」

「昨日、朝から晩まで妻と話し合ったんです。あまりにショックで」彼は声を荒らげた。「これまで一度もメアリーを殴ったことなんてないのに。どんなに酔っても……」

アリーはなんとか彼と信頼関係を築きたくて、彼の手を取った。「ええ、わかっています。アルコールは人を変えるのよ。この問題を解決するために、一緒にできることを考えましょう」

ジェフ・トンプソンは首を振った。「私は何年も酒浸りでした。はじめはつき合いで飲むのも仕事のうちだった。それが成績や会議に追われ、気づいたら毎日飲み、酒量もどんどん増えていったんです」

「ふだんは何を飲んでいるの？」

「食事中はワイン、バーではジンやテキーラ、食後はジンです」

アリーは彼の飲酒歴を調べ、いつ飲み始めたか、節酒あるいは断酒しようとしたことがあるか、ほかの薬物等を使ったことがあるか尋ねた。

「最近はあまり食事が進みません。仕事中は特に。家ではメアリーが待っているので一緒に食べます。できた妻なんですよ」

アリーはメモを取った。「奥さんはあなたのことをとても心配していたわ」

「もうおしまいだ」突如ジェフは手で顔を覆い、しゃくり上げた。「妻は私をとても誇りにしていたのに」

「今でもそうよ」アリーは涙をこらえて断言した。

「ちょっと待ってくださいね、ミスター・トンプソン」

アリーはインターコムでヘレンに次の患者を別の医師に回すよう指示し、お茶を頼んだ。

「ジェフ、それじゃあ、どうするか考えましょう」

わざと親しみを込めて彼をファーストネームで呼ぶ。

「あなたも協力してね」

ジェフは恥ずかしそうに目をこすった。「すみません」

「謝らないで。こうしたらどう？」

そこへヘレンが現れてジェフにマグを渡し、彼がお茶を飲むのを見届けて退室した。アリーは再び話に戻った。

「治療には二つの選択肢があるの。一つ目は専門的な治療機関で治療を受ける方法」

「二つ目は？」

「地域の相談所の力を借りて家庭で治療する方法よ。それだと奥さんの負担は大きいかも」

ジェフはしばらく考えた。「夫婦で頑張ります」

「いいわ。それには健康診断と血液検査が必要よ」

「採血はなんのために？」

「一般的な健康状態を調べるの。肝機能とか」アリーは引き出しを開け、いくつか用紙を取り出した。

「あとで看護師長に頼んで採血の予約をして」

検査の詳細を書いた紙をジェフに渡す。それから彼の交友関係や経済状態、性生活、仕事について尋ねた。さらには心理状態を調べ、うつ病ではないと判断して、現在の状況に話を進めた。

「運転できないと困るんじゃない？」

「それがありがたいことに、もう一度免許を取得するまで、上司が同僚を運転手につけてくれたんです」

「通勤は電車でできるわね」アリーはまたメモを取った。「特別な薬を出すから、それを十日以上服用してください。最初は休養を取って副作用がないか注意してね」

「大丈夫です」

アリーは心配そうにジェフを見つめた。電話帳である番号を引き、書き取って渡す。「断酒会の電話番号よ。連絡してみて。同じ悩みを持つ人たちの支えが何より力になるわ」

ジェフは厳しい面持ちで番号を眺めた。

「一滴も飲んじゃだめよ。酒量を減らしても効果はないわ」

「わかっています」ジェフは笑った。「全力を尽くしますよ、ドクター・マグワイア。きっと立ち直ります」

アリーは地域の相談所に電話して、ジェフの更生プログラムに協力を要請した。さらに細かいことを決め、肩を落として去るジェフを見送る。はたして彼にこれを実行する強い意志があるだろうか？

7

「いやあ、信じられん。よくやったぞ、アリト」ウィルはスタッフルームのアームチェアにどっかと腰を据え、ご満悦顔で言った。「あの男は長い間酒浸りだったからな」

「誰のことだい？」部屋に入ってきたショーンが、コーヒーポットを眺めて言った。「残りのコーヒーを全部もらっていいかな」

「いいとも」ウィルは脚を伸ばした。「ジェフ・トンプソンだよ。アリーのおかげでアルコール依存症を克服できそうだ」

ショーンはコーヒーをマグに注《つ》ぎ、ミルクを入れた。「地域の相談所の手を借りたのか？」

「ええ、とても親身になってくれたわ。相談所と奥さんのおかげね。あとは本人に頑張ってもらうだけ。ちょっと心配だけど」

「何が心配なんだね？」ウィルがサンドイッチの袋を開けて食べ始める。そこへルーシーが入ってきた。

「とても落ち込んでいるの」アリーは顔をしかめた。

「プライドが丸つぶれだからな。立ち直るのに時間がかかるだろう」

ショーンがコーヒーを置き、指の関節をほぐしながら言った。「熱傷治療室に電話してケビン・ジョーンズのことを訊《き》いてみた」

「焚き火《ボンファイア》で火傷《やけど》した子？」

「ああ。あちこち移植は必要だが思ったよりよさそうだ。顔もきれいになるし、手も完璧に治るって」

「君のおかげだな。そういえば、あのときの手の火傷はどうした？」ウィルがショーンに尋ねる。

「このとおり、よくなった」ショーンは手を見せた。

「ジャックの話だと、ケビンは友達とふざけていて、ポケットに花火を押し込まれたらしいな」

「ポケットに？」アリーが叫ぶ。

「ああ。燃えたのを見て、みんなびっくりして逃げ出したそうだ。僕らがそばにいてよかった」

「かわいそうに」アリーは信じられずに首を振った。

「だけど、ジャックはほっとしたでしょうね。主催者側の落ち度じゃないことがわかって」

「ああ、興業的には大成功だぞ」ウィルはサンドイッチの空袋をねじってごみ箱に捨てた。「これで新しい医療器具を買う資金もできた。それはそうと、アリーもショーンも週末の休みに、何かプランはあるのか？」

また始まったわ。アリーは冷蔵庫からチーズロールを出しながら言った。「私は山に行くつもりよ。クリスマスの買い出しもあるし、母にチャーリーを預けることになっているの」そこでショーンを振り返って釘《くぎ》を刺した。「お説教ならやめてね」

「ああ」ショーンが言った。

アリーはこっそり笑い、席に戻ってパンをかじった。「ルートはちゃんとジャックに渡していくから」

「相棒は必要ないか？」ショーンが尋ねる。

アリーは喉をつまらせかけた。「相棒？」

「なるべく差別的な発言は慎むから。だめかな？」

喜びが胸に広がる。だがアリーはただちに自分を戒めた。だめよ、彼とは距離を置かないと。

だが口から飛び出したのはその反対の言葉だった。

「いいわよ」

ショーンが意外そうに彼女を見る。

アリー自身も、なぜそう答えたのかわからなかった。「でも今度またお説教したら、崖から突き落としちゃうから」

ショーンが笑って両手を上げた。「強い女性は大好きだ」

ウィルは二人のやり取りを興味深げに眺めていたが、突如スイッチが入ったように食べ始めた。「アリー、ショーンを連れていけ。でないとショーンが心配して、十分置きにジャックに電話するからな」

ルーシーが笑顔で口を挟む。「そのときは私も呼んでね。昨夜《ゆうべ》やっとレッドとテストに合格したの」

「おめでとう！」アリーは立ち上がってルーシーを抱き締めた。「レッドもこれで正式な救助犬ね」

「ええ」ルーシーは美しい顔に笑みを浮かべ、バナナの皮をむき始めた。

ショーンがルーシーに尋ねる。「出動のときは誰が君に連絡するんだ？ジャックか？」

「ジャックか、捜索救助犬協会《SARDA》の派遣マネージャーのハワード・デイビスよ」

犬たちが過去どれだけ多くの人命救助に貢献したことか。

アリーは冷やかした。「これでルーシーもポケットベル所有者ね」

「呼び出しのときは患者さんをよろしくね」ルーシーがちゃっかり言う。

「自分はお世話にならないように気をつけないと」アリーは食べ終わったりんごの芯をごみ箱に捨てた。

「それで、週末はどこに？」ショーンが脚を伸ばす。

アリーはわざと彼の脚から目をそらした。先日のパーティ以来、ショーンとはろくに顔を合わせていない。当番で忙しかったのがいちばんの理由だが、会わなければ会わないで不安になる。それに、このところ彼が以前のようにつきまとってこないのも気がかりだった。もう興味がなくなったのだろうか。よかったじゃない、と心の声が言う。せいせいしたわ。

ショーンが答えを待っている。アリーは現実に返った。「お天気しだいね」

舌で唇のパンくずを舐《な》め取ったとき、ショーンの視線を感じた。彼は興味をなくしたわけではなく、時機をうかがっているのだ。そう思うとぞくぞくした。

「それで？」ショーンが突っ込む。

「フェアフィールド・ホースシューとか」

ウィルが心配そうに窓を見た。「天気をよく確かめてから行くんだぞ」

「はい、ウィルおじさん」ショーンがちゃかした。

そういえば、ショーンはいつここを去るのだろう。しばらく滞在することにしたのだろうか。別にいてもいいわ。それで彼の恋愛観が変わるわけでも、こちらが独身男性を好きになるわけでもないのだから。

午後の妊婦外来は多忙をきわめた。忙しすぎて頭痛がしてきたころ、フェリシティ・ウェブスターがベビーカーに二人の息子を乗せて現れた。

「ベビーカーを持ち込んでごめんなさい。でもヘレンがいいって——」

「かまわないわ。あなたは特別よ。子供二人を野放しにして診察なんてできないもの」

フェリシティは大儀そうに腰を下ろした。「そうね、二人を抱っこは無理だわ」

「水疱瘡《みずぼうそう》はどう？」

「おかげさまでよくなったわ」一人の子の帽子を脱がせて顔を見せる。「トムはまだかさぶたがあるけど。引っかくのを止めるのが大変なの」

「よさそうね。ママの具合は？」

「明日が予定日よ。予定どおり生まれてきてくれないなら、こうのとりにお返ししようかしら」

アリーは笑った。「痛みはある？」

「ええ、体中が痛いわ。でももう少し時間がかかりそうね」

「次の検診はいつ？」

「来週よ。早く生まれるようにラズベリーティーを飲んだりパイナップルを食べたりしているわ」

「じゃあ、診察しましょう」アリーは血圧とむくみ、お腹の張りを調べて尿検査をした。「異常なしよ。今度は台に上がって。赤ちゃんを診てみるから」

フェリシティは苦労しながら診察台に上がった。

「二度と身軽に動ける日はこないような気がするわ」

「そんなことあるもんですか。子どもが三人になったら、一日中動いていなきゃならないわよ」

「考えたくないわ」横になってお腹を出す。「大きすぎない？」

アリーは触って赤ちゃんの様子を確かめた。「いいえ、ちょうどいいぐらいよ」

「入れているほうは大変よ」

「そうね」アリーは心音計を取った。「ちょうどいい位置にいるから聴いてみましょう」

赤ちゃんの規則正しい心音が響く。二人は顔を見合わせて笑った。

「よかった。でも怖いわ。前のことを思い出すと」

「大丈夫よ」アリーは心音計のスイッチを切った。

「お産のとき、上の子たちはどうするの？」

「母に頼むわ。うちから十分のところに住んでいるから」

アリーは手を貸して起こしてやり、フェリシティが服を直している間にカルテを書いた。

「まだしばらくかかりそうね」

「本当に？　どっちがいいかわからないわね。お腹にいてくれたほうが楽な場合もあるでしょう」

アリーは笑ってドアを開け、ベビーカーを出してやった。「何かあったら教えてね」

「きっと悲鳴が聞こえるわよ。ありがとう、ドクター・マグワイア」

アリーは地図をポケットにしまい、風に向かって顔を上げた。

「壮麗な眺めだな」ショーンが景色を見つめる。

「ええ、冬の山は大好き」毛糸の帽子をかぶったアリーは頬を赤くして言った。「観光客もいないし」

ショーンが空を見上げる。「雲行きが怪しいぞ」

アリーは彼の視線を追い、肩をすくめた。「天気予報は晴れだと言っていたけど」

「ああ」彼はまだけげんそうに空を見ている。

「軍隊では屋外訓練もした？」

ショーンがとっておきの優しい笑顔で振り返った。

「ああ、サバイバル訓練で野宿もした」

「羨ましいわ。お金をもらいながら山で暮らせるなんて」

「いつもいいとは限らないよ。真冬のブレコン・ビーコンズ山脈は相当なものだぞ」

アリーは彼のあとを歩いた。「手ごわかった？」

「ああ」リュックを肩にかけ直す。「脱落者続出だ」

「医者になろうと思ったのはいつ？」

ショーンは立ち止まり、岩にもたれて遠くを見た。

「よく覚えていないが、ウィルやモリーと暮らしたときかな。直接興味を持ったのは軍隊に入ってからだ」

「なぜウィルと暮らすことになったの？」言ってからアリーは謝った。「ごめんなさい。訊かないほうがよかったわね」

ショーンが笑いながら言った。「とっくの昔に知っていると思っていた」

「人の噂話《うわさばなし》に興味はないわ」

「だろうな」

彼の熱い視線にアリーの胸は高鳴った。キスをするつもりだろうか。ボンファイアパーティの夜以来だ。それを待ち望んでいる自分が怖い。

「僕は問題児だったんだ」地平線を見つめてショーンは笑った。「実際はそんな言葉じゃ足りない。筋金入りの不良だった。その結果、里親の家を転々とした。みんな音をあげたほどの悪童だった」

彼の孤独ですさんだ少年時代を想像し、アリーの胸は痛んだ。不良になるのも当然だ。むしろここまでまともな人間になれたのが奇跡だろう。母親という人には会えたのだろうか。しかし下手なことを尋ねれば、また彼は心を閉ざしてしまうかもしれない。

「で、ウィルに会ったのは？」突如彼を抱き締めたい衝動がアリーを襲った。彼が得ることのできなかった愛情を与えてあげたい。

愛情？

自分でも驚いた。彼を愛してしまったのだ。たとえ愚かだと言われても。強くたくましい男性の向こうに、怯《おび》えた傷つきやすい少年が見える。どちらの彼もいとおしくてたまらない。

「ウィルとモリーは――」ショーンが言葉を切り、けげんそうに眉根を寄せた。「どうかしたか？」

結婚する気のない男性を愛してしまった。よりにもよって。

「なんでもないわ」

「そうか」間を置いて先を続ける。「ウィルとモリーに引き取られたのはひょんな事件がきっかけだった。ウィルがトラブルから僕を救ってくれたんだ」

「具体的にはどういうこと？」

ショーンは遠くを見て笑った。「僕が倉庫荒らしに入って窓から床に飛び下りてけがをしたとき、ウィルが手当てしてくれたんだ」

「どんな手当て？」

「脚の傷を縫って注射した。それから延々と説教だ」ショーンは小石を蹴り、苦笑した。「警察に突き出されると思ったけど、そうじゃなかった。代わりにウィルは市の社会福祉課に電話して、一つ一つ文句を言ったんだ」

「ちゃんと監督しろ、ちゃんとした里親を選べって？」

「そんなところだ。それでウィルに引き取られた」

「不良になったのは、人が信じられなかったから？」

「わかってくれるのか？」

「当然の結果よ」彼はまだ孤独な疾走を続けている。

「でも、最後は信じられるようになった。入隊を勧めてくれたのはウィルだった。アウトドア派で運動好きだった僕にぴったりだと思ったんだろう。ウィルの目に狂いはなかった」

「医者になると言ったときは喜んだでしょう？」

「ああ」

「ウィルはあなたを愛しているもの」

「わかってる」ショーンはリュックを背負い直した。

「君は？　幸せな子ども時代を送ったんだろう？」

二人はしゃべりながら歩き続けた。しばらくしてショーンが急に立ち止まったので、アリーは彼の背中にぶつかった。

「ブレーキランプがいるわね。どうしたの？」

「空を見ろ。やっぱりな」

アリーは驚いてまばたきをした。気づかなかった。ショーンのことしか頭になくて。だがいざ立ち止まると、吹き飛ばされるほど風が強いのがわかった。

「帰りましょう」

「ああ、とりあえず引き返そう」

とりあえず？

アリーは首を縮め、ショーンにぴったりくっついて歩いた。ついに大粒の雨が落ちてきた。

「さすがは湖水地方だな」ショーンの声は風にかき消されそうだ。二人は苦笑した。

それから歩くこと三十分。アリーは向かい風と闘いながら必死で足を運び続けた。

やがてショーンが立ち止まった。アリーは風の中で立っているのがやっとだった。ショーンが手をつかんでいてくれなければ、その場にへたり込んでいただろう。なぜ二人とも天候の悪化に気づかなかったのだろう。話に夢中になりすぎた。

再び猛烈な風が吹き寄せてきた。転びかけたアリーをショーンがしっかり抱き留める。アリーはこのときほど彼の強さに感謝したことはなかった。

「大丈夫か？」

アリーは恐怖を隠してうなずいた。山の恐ろしさは誰よりも知っている。たった一つの間違いが命取りになる。その禁を犯してしまった。しかも冬に。

ショーンはアリーの不安そうな顔に目を走らせ、時間を見た。「仕方ない。キャンプしよう」

「キャンプ？」

アリーは彼の服の胸元を握り締めた。彼の存在がどんなに心強いか。この際、結婚に対する主義主張は後回しだ。

ショーンがその手をつかむ。「夜までには帰れない。すまない。僕の判断ミスだ」

「あなたのせいじゃないわ。私の責任よ」

ショーンは笑ってアリーの鼻をつついた。「君らしいな」

アリーもかろうじて微笑《ほほえ》んだ。「このまま行って下りられない？　懐中電灯だってあるし……」

ショーンはきっぱり首を振った。「この風では無理だ。隊に出動を要請するか、キャンプしかない」

「でも、テントがないわ」

ショーンが笑った。「僕を見くびるなよ」

こんなときにふざけている場合だろうか。「ショーンったら」

彼は急に真顔になった。「大丈夫だ、エンジェル。僕に任せろ」胸元をつかんでいるアリーの手をほどき、地図とコンパスを出す。「風下の斜面にテントを張ろう。もう少し遠くまで歩けるか？」

アリーは無言でうなずいた。テントがあるの？

さらに十分ほど歩いてショーンはリュックを下ろした。驚くほど手早くドーム型のテントを張る。

「これでよし。濡《ぬ》れた服を脱いでビニール袋に入れろ。急いでテントに入るんだ」ショーンはアリーのジャケットとオーバーズボンを脱がせ、アリーがブーツを脱いでいる間に自分も服を脱いだ。アリーは濡れた服を袋に入れ、ごそごそとテントに入った。

続いてショーンももぐり込んできた。雨まじりの雪で黒髪が濡れている。

「大丈夫か？　震えているぞ」ショーンが道具を取り出していた手を休めて言った。

「ええ」自分でもなぜ震えるのかわからない。テントは防水防風で、快適この上ないというのに。

「もっと服を脱いで寝袋に入れよ」ショーンは寝袋を広げ、マットを投げた。「これを下に敷くんだ」

アリーは指示に従った。寒さと疲れで逆らう元気もない。その間にショーンはテントの隙間を閉じ、携帯電話を取り出した。

「ジャックに電話するの？」

「場所を教えておかないと心配するからな。通じることを祈ろう」番号を打ち込む。「ああ、ジャック。僕だ……ああ、知っている」

声は聞こえても会話の中身はさっぱりわからない。

ショーンがアリーを見て言った。「元気だ。ちょっと疲れているが……いや、いい。ありがとう。今日はここでキャンプするよ。明日の朝一番で下山する」ジャックがそれから何か言ったらしく、ショーンは軽く笑った。「夢の中でな」電話を切り、リュックに戻した。

ショーンはセーターと分厚いシャツを脱ぎ、アリーを見た。

「僕も入れてくれるつもりはないよな」

彼のテントで彼の寝袋なのに、入るなとは言えない。アリーはできるだけ端に寄った。ショーンが入ってくると、彼の体温が狭い空間を満たすのがわかった。嵐がテントをばたばたと鳴らすなか、アリーはさらに深くもぐった。ショーンが隣にいるだけで安心感が違う。

「懐中電灯を消してもいいだろう?」

アリーは首を回して振り返った。「もう少しつけておいて」

ショーンが手を伸ばしてアリーの顔から髪を払いのける。「怖いのか?」

「いいえ」ショーンがいれば怖くない。「でも、もう少しだけ」

ショーンは仰向けに転がって天井を見た。

アリーは彼の力強い横顔を観察した。どうして私に指一本触れないの? またとないチャンスなのに。だが彼は見向きもしないので、アリーはいらいらした。ありえないわ。いつだってこちらがショーンを避けてきた。それなのに、こんなに彼を求めているときに限って彼は無関心だなんて。彼のぬくもりが欲しい。強さと安らぎが。心から愛しているから。

ショーンの言うとおりだ。彼となら、試してもいい。

アリーの左手が、無意識に彼の胸をはいのぼった。そのままシャツの下にもぐり込み、胸板をまさぐる。

ショーンが上からその手をつかんだ。「よせ」

アリーは肘をついて起き上がった。「ショーン」

アリーが訴えると、彼は目を閉じ、唾をのんだ。

「からかうなよ。僕がどれだけ我慢強いか試しているのか？　今こんな格好でそんなことをされたらどうなるか」

ショーンがアリーの顔を押さえる。

アリーは彼に寄り添い、脚を絡ませた。「もう我慢しなくていいわ」

彼は焼けつくような視線でアリーを見据えた。

「もう一度言ってみろ」

「あなたが欲しいの」

ショーンは食い入るようにアリーを見つめ、ゆっくりと首を振った。「やめろ、嵐が怖いんだろう。心配するな。ちゃんと帰れるから」

「違うわ」

ショーンはもう一度アリーを見つめた。

「違うって……」

「あなたは正しかった」不安で心臓がどきどきする。もし断られたら？　もうその気はなくなったと言われたら？

「何が？」

「試してみろと言ったでしょう」だが彼は無反応だ。

アリーは顔を近づけ、彼の唇に舌で触れた。

ショーンがぐるりと反転し、アリーを床にはりつけにする。

彼は筋肉質の腕の片方をついて身を起こし、もう一方の手でアリーの顔をとらえて自分のほうを向かせた。

ゲームは終わりよ。私はショーンを心から愛している。分別なんかどうでもいい。今があれば……。

「もう一度訊く。本気で言っているのか？」

アリーはこれ以上待てず、彼の首に手を回した。

「ショーン、キスして」

ショーンは顔を近づけ、アリーの表情をうかがいながら用心深く唇を重ねた。だが唇が触れ合ったが最後、深いため息とともにわれを忘れた。外の嵐が遠のき、代わって中の嵐が二人を包む。

激しくむさぼるようなキスだった。彼の体が覆いかぶさり、体が触れ合ったとたん、その高まりが感じられた。体の芯まで溶けそうな興奮を味わいながら、アリーは彼の名を呼んだ。彼がアリーのＴシャツをめくり上げ、ブラジャーのホックに手をかける。

彼の手を胸に感じ、アリーは歓喜と苦痛に身をよじると、脚で彼を引き寄せた。

「焦るな」彼は乱れた息遣いで言い、手を下に滑らせた。

「ショーン」

「まだだ」下のほうへ移動する。舌を胸にはわせ、手を下へずらして目当てのものを探り当てると、執《しつ》拗《よう》な愛撫《あいぶ》を繰り返した。

「ショーン」アリーが身を焦がして訴えると、彼は顔を起こし、アリーの目を見つめた。

「この瞬間を待っていたんだ」

「私もよ」もう死にそう。今すぐどうにかしてくれないと死んでしまうわ。

彼はそこで手を止めた。「避妊はしているのか？」

アリーはちょっとためらってからうなずいた。大丈夫、安全期だし、彼が欲しくてたまらないから。

ショーンはアリーを抱き締め、脚の間に分け入った。再び唇を重ね、むさぼるようなキスを交わす。

やがて二つの体が溶け合った。アリーは苦痛の声をあげた。悲鳴はキスに吸い取られたかに思えたが、ショーンはそこで凍りつき、顔を上げた。

「アリー」彼の目に困惑の色が浮かんでいる。

アリーは彼の腰を抱き締めた。「ショーン、やめないで」

「僕はスーパーマンじゃない」彼はアリーの鼻先にキスをした。「だが、痛かったんじゃないか？」

「さっきちょっとね。でももう平気よ」彼のサテンのような肌を手でなでる。「お願い……」

「なぜ言ってくれなかったんだ？」

「いいから」

アリーの爪が彼に食い込む。「力を抜いてくれ。そうすれば痛くない」

彼の言葉に従うと、なるほど痛みは消えた。ショーンがついばむようなキスを繰り返す。我慢の限界にきてアリーが体を動かすと、彼は鋭く息を吸い、アリーの顔をとらえて自分のほうを向かせた。ショーンが彼女の中で動きだす。力強く、しかし彼女の様子をうかがいながら。目と目をがっちり見つめ合い、やがて彼はアリーの肩に首を垂れ、彼女の腰を持ち上げた。

「ショーン！」かつて感じたことのない、夢に見たことさえない一体感に胸が躍った。アリーは興奮にのみ込まれ、脚を開いた。彼は荒い息をつきながら、まだ必死でもちこたえている。

だがアリーは限界だった。痛みは去り、ためらいも理性も消えた。彼の与えるすべてが欲しい。そして、それをそのまま彼に返したい。彼の背中を抱き、誘うように腰を動かす。

「小悪魔め」ショーンは再び彼女の唇を求め、舌を差し入れてきた。

「ショーン……」哀願の声も彼に吸われて消えた。

ショーンは低い声とともに、さらに深く体を交えた。「どうだい？」

「ショーン」アリーがのけぞり、二つの体が同じ調べを奏でる。やがて強烈な力が弾《はじ》け、二人は同時に声をあげた。ショーンが激しく身を震わせる。

アリーの閉じたまぶたから涙がこぼれた。ショーンは抱き合ったまま身を翻し、彼女の下になった。

「ごめん、痛かっただろう」

「いいえ」アリーが言うと、彼はアリーの唇を親指の腹でなでた。

「声を出していたぞ」

「すてきだったからよ。こんな気持ち、初めて」

ショーンは長らく彼女を見つめたあと、目を閉じた。「訊きたいことはまだあるが、あとにしよう」

アリーも賛成だった。彼の胸に顔をうずめる。

「今夜は眠れないな」誘いかけるように唇を寄せてショーンが言った。

「私はかまわないけど」

ショーンがアリーの瞳を見つめ、うっとりするほどセクシーな笑みを浮かべた。「ああ、僕もだ」

8

ショーンとアリーは日がのぼるやいなや起き、テントを片づけて、もとの服を身につけた。

ショーンはほとんどしゃべらなかった。先を行く彼の背中を眺め、アリーは顔を曇らせた。様子が変だ。昨日あれだけ親密な夜を過ごせば、手をつないだり照れくさそうにしたりするのが普通だろう。だが彼は山を下ることしか頭にないように、厳しい顔で歩き続けている。

こちらから愛を告げられればいいと思うが、プライドが邪魔をした。結局、これがショーンなのだ。固く心を閉ざしているのが。昨夜《ゆうべ》だけは別だった。思い出すと体がほてる。彼の抱擁や愛撫《あいぶ》。あの果てしない興奮と感動。だが彼は、それでも愛しているとは言わなかった。

興奮も感動も、すべて私の妄想だったのだろうか。彼の手口にまんまと乗せられたのかもしれない。いいわよ。アリーはつんとあごを上げ、不機嫌に足を運んだ。ショーンが本気で女性を愛するような男性でないことはわかっていた。彼自身がそう明言していたのだから。だったら何を期待したの？　彼がひざまずいて生涯変わらぬ愛を誓ってくれるとでも？

そうよ。アリーは突如ぴたりと立ち止まり、心ならずも認めた。そう思っていた。少なくとも願っていたのは事実だ。でもそれは夢でしかなかった。ショーンは言質を与えない。それでもいいと思ったけれど、やっぱり無理だ。先のないつき合いなどできない。一晩でも十分辛《つら》い。思い出せば恋しさが募るが、二度目はもっと辛くなるのだ。

恋愛ゲームは性に合わない。恋人は生涯一人と決めてきたが、それがショーンだなんて。

「大丈夫か？」

アリーはわれに返った。いつの間にかショーンも立ち止まり、けげんそうにこちらを振り返っている。

「ええ」

「どこか痛いところはあるか？」

アリーは叫びたかった。痛いわ、心が！　なぜわからないの、こんなに悩んでいるのに。あなたがよそよそしいせいよ。なのに知らん顔？　いいわ、とにかく歩くしかない。後のことは家で考えよう。

「元気よ。景色を見ていたの」

「よし。それじゃ、行こう」

アリーはロボットのように従った。重い脚を引きずってふもとまで岩だらけの道を歩く。

ふもと近くでジャックに出会った。

「心配で見に来たんだ」

ショーンが皮肉っぽく笑う。「どうして？」

ジャックは岩に足をかけ、にやけて目をそらした。

「二人とも何をしているのか気になってさ」

アリーは真っ赤になった。「ごめんなさい」

ジャックが肩をすくめ、アリーの隣に来る。「何を謝るんだ？」

「心配かけて」

「いや、遭難してもショーンが一緒なら心強い。ジェニファー・アニストンならなおいいけどね」

アリーはショーンの強靭《きょうじん》な体に目を走らせた。昨夜の記憶がよみがえる。アリーもジャックと同感だった。

「送ろうか」駐車場でジャックがバンを指して言った。

「いや、これから反省会をするんだ」ショーンが答える。

「反省会？」ジャックと別れ、アリーは眉根を寄せた。

ショーンが荷物をトランクに放り込む。「そうだ。話すことがあるだろう？」

アリーは口の中がからからになった。昨夜のことは忘れてくれと言うのだろうか。

二人とも車に乗ると、ショーンはエンジンをかけた。冷え込んでいた車内が徐々に温まってくる。

彼が振り返った。「それじゃ、告白タイムだ」

「告白タイム？」アリーは目をぱちくりした。

「ああ、そうとも。五歳の子どもがいるのに、なぜバージンだったのか説明しろよ」

心臓が激しく打つ。「別にいいでしょう」

「いいもんか。君は嘘《うそ》をついたんだぞ！」ショーンはハンドルを叩《たた》き、息を深く吸い込んだ。「それじゃ、まず訊《き》くが、チャーリーの本当の母親は？」

「私の姉よ」

長い沈黙があった。

「お姉さん？　亡くなったお姉さんか？」

「そうよ。ロブなんかに夢中になったせいでね。彼にはその気がないとわかっていたのに」

「待ってくれ」ショーンはこめかみをさすり、深く息を吸った。「ロブというのはお姉さんの恋人か？」

「そうよ」

「で、お姉さんは妊娠したのか」

「するつもりはなかったけど」アリーは見るともなく山の景色を見た。「でも姉はとても喜んでいたわ」

「ロブがろくでなしでも？」

「そうよ。実際、ロブとは短かったわ」

「しかし、子どもは産んだのか」

意外そうな彼の口ぶりに、アリーは挑むように言った。「もちろんよ。それがわが家の方針だもの。子どもはかけがえのないものよ。幸せな結婚を信じているし、うまくいかないことがあれば家族全員で乗り越える。中絶なんかしないわ。フェイは家族を信じていたの」

「それで？」

ショーンに促され、アリーは目を閉じた。「まさか、あんなことになるなんて……。ある日、姉とベビー用品を買いに行ったの。姉はとても元気で、赤ちゃんが生まれるのを楽しみにしていた。なのにその後、病院から電話があって、姉が危篤だって」

「どういうことだ？」

「妊娠中毒症」アリーは爪を見つめた。「信じられないでしょう、この時代に。でもそうだったの。血圧が跳ね上がって肝不全で死亡。あっと言う間に」

「なんだって？」

アリーはまばたきして涙を押し戻した。「赤ちゃんをお腹から出せば助かると思ったけど、だめだったわ」

「それで生まれた赤ちゃんは孤児となったわけか」

「正確には違うわ。事態を知ってロブが現れたの」

「子どもを要求したのか」

「違う。子どもじゃなくてお金よ。それも大金」

「金?」ショーンはけげんそうに目を細めた。「なんのために?」

「親権を放棄する見返りとして」

そこで長い沈黙があった。「待ってくれよ。その男は、君に娘を育てさせる代わりに金を要求したってことか?」

「簡単に言えばね」

ショーンは解せないという表情をした。「君のことだから、きっと払ったんだろうな」

「そうよ。ほかにどうしろっていうの? あの子は姉の赤ちゃんなのよ。あんな男にやれるもんですか。どうせ養子に出すつもりなんだから」

ショーンは沈黙ののち、口を開いた。「それで?」

目をそらして言う。「彼の言うとおりの額を払ったわ」

ショーンは信じられないという顔で首を振った。

「ご両親も納得したのか?」

「両親は知らないわ。姉を亡くしたうえ、孫の心配までさせられないから。私が貯金をはたいて、足りない分はウィルに借りたの。とにかくロブと手を切りたくて」

「全財産をなげうって、借金まで?」

「そうよ。ばかだと思うかもしれないけど、あのときはそれしか方法を思いつかなかったわ」

「だから今も生活が苦しいのか」

「これでもだいぶましになったほうよ。ウィルに借金も返したし。贅沢《ぜいたく》をするお金はないけど」

「姪《めい》のために? それで救助隊も辞めたのか」

「そうよ。人生が一変したわ。仕方ないけれど」

「どうしてもっと早く言ってくれなかったんだ?」

「人に言うようなことじゃないから。チャーリーは知っているわ。実の母親が亡くなったことも知っているけど、ふだんは話さないようにしているの」

ショーンは長い沈黙のあと息を吐いた。「なるほど。だが、その年までバージンだった理由は？」

アリーは顔をそむけた。「私の勝手でしょう」

「昨日まではね」ショーンはアリーのあごに手をかけ、彼のほうを向かせた。「だけど今は僕にも関係がある。君みたいな美人がなぜ今まで？」

アリーは恥ずかしそうに笑った。

「おとぎ話のせいかしら」

「おとぎ話？」

「そう」アリーはわざとなんでもなさそうに肩をすくめた。「二人は真実の愛に出会って一生幸せに暮らしました、みたいな」

「それを信じていたのか？」

「チャーリーを引き取るまでそうだった」

「だけど？」ショーンが促す。

「ロブを見て幻滅したの」手元に目を落とし、苦笑する。「それに、姉が亡くなるまで、私もつき合ってた人がいたんだけど……」

「言わなくていい」怒りを込めて、ショーンが言った。「その男も消えたんだな」

「そういうこと。別れ文句はこうだったわ〝自分の子でもない赤ん坊を抱え込むなんてまっぴらだ〟」

「それで夢を裏切られた」

「幻滅したの」だが問題は、まだあきらめきれていないことだ。だからこれまで何度となく縁談を勧められても乗り気になれなかった。どこかに正しい人がいるような気がして。そんなときショーンに出会った。横目で彼のほうを見ると、彼もこちらを見ている。

昨日の記憶がよみがえり、胸が高鳴る。「後悔しているのね」

どんなに辛くても真実を知るべきだ。ゲームは嫌。なんにでも誠実に向き合いたいから。

彼が答えるまで間があった。「いや……」

「がっかりしたのね？」

彼の目が険しくなる。「そんなんじゃないよ」

「そう？　それじゃあ、どうして？　今朝起きてから、ずっと迷惑そうに私を見ていた」

「言わなくてもわかるだろ！　君は男と寝たことがなかった。だったら、君にとって一大事だろう」

「そのこと」アリーはふんと笑い、窓に目をやった。

「振り出しに戻ったわね。男性経験のないアリーと寝たら、ウエディングベルは免れないって？」

「アリー」

「もういいわ。何も言わないで」アリーは震える手でシートベルトを締め、前を見た。「疲れたわ。シャワーを浴びたいの。早く帰りましょう」

ショーンは動かなかった。「まだ終わっていないぞ」

「終わったわよ」心は血を流しているのに、こんなにいつもどおりの声が出るのが不思議だった。「しょせん私たち、違うものを求めているのよ。もう忘れましょう」

忘れられるわけがないのに……。

「忘れたいのか？」ショーンの無表情な声に、アリーは涙がこぼれないようまばたきした。忘れる？　人生最高の夜を？　想像もできないほど誰かを身近に感じたひとときだった。だがそれは、アリーの思い過ごしだったのだ。

「いいから、車を出して」

ショーンはそれでも動かなかった。まだ何か言いたそうにして。だが最後に小さく罵り、ギアを入れて出発した。

朝起きて着替え、診察して、チャーリーの夕食を作り、ベッドに入る。お決まりの日常をこなしていれば時間は過ぎるだろう。そうじゃない？

カルテが涙でぼやける。アリーはまばたきして大きく息を吸った。今は泣けない。今泣いたら、朝からバスルームにこもって念入りにメイクしたのが水の泡だ。一晩中泣いてひどい顔になってしまった。こんな濃いメイクは初めてだ。どんどん仕事をこなせばどうにかなる。何がそんなに悲しいのか心に尋ねる。はじめから覚悟はできていた。彼は一生を誓う相手ではないと。だから、泣くのをやめなければ。

最初の患者はジャックだった。アリーは泣き顔に気づかれないように愛想笑いをした。

「顔色が悪いぞ。大丈夫か？」

なんてこと。メイクなんてなんの役にも立たない。

「ええ、ちょっと疲れているの」

ジャックがアリーを観察してうなずく。「そうか」

「胃の具合はどう？」

「それがあんまりよくないんだ」

アリーは頭を仕事モードに切り替えた。ショーンのことを忘れるにはとにかく働くしかない。

「ジャック、念のために胃カメラとピロリ菌検査をしましょう。場合によっては胃潰瘍を引き起こすと言われているから。もしも検査で陽性なら、一定期間錠剤を服用して除菌するの」

「わかった」ジャックがうなずいた。アリーは早急に病院に紹介すると約束した。

次の患者はピート・ウィリアムズだった。もう退院してすっかり元気そうに見える。

「先生にお礼が言いたくて来たんです」茶色の巻き毛のピートは椅子に座って言った。「先生から聞いたモニターを病院で注文してもらったんです。そしたらランニングのときも止まらずに測れるようになった。みんなと同じことができるんだよ！」

アリーも微笑《ほほえ》んだ。「よかった。それで具合は？」

「もう治りました」ピートは恥ずかしそうに言った。

「迷惑かけてごめんなさい」

アリーは先日の登山で自分もショーンと遭難しか

けたことを思い出し、苦笑した。「失敗は誰にでもあるわ。それより、よくなってよかったわね」

ピートの後ろ姿を見送って思った。もしもショーンがいなければ、あの子はあの日死んでいた。ショーン……。何を考えても行き着く先はショーンだ。

工夫すれば彼に会わずにすむだろう。アリーは仕事後、スタッフルームに近寄らず、まっすぐ往診に行くことにした。昨夜の当直医がケリー・ワトソンに呼び出されたと知り、今日はまずワトソン家に向かう。今こそ真相を突き止めるときだ。

ミセス・ワトソンが憔悴《しょうすい》した顔でドアを開けた。

「ドクター・マグワイア、どうぞお入りください」

「昨夜は大変だったみたいね」アリーはキッチンに入り、バッグを置いた。「いったいどうしたの？」

「突然、ケリーの具合が悪くなったの」

「それは変ね。ステロイドが効いているはずなのに」

長い沈黙があった。ミセス・ワトソンはため息をつき、こめかみをさすった。「薬は使っていないわ」

やはり、ルーシーの言ったとおりだ。「どういうこと？」

「うまく説明できないけど……」

アリーは近くの椅子に腰を下ろした。「話して」

ミセス・ワトソンは床に目を落とした。「甥《おい》がステロイドの副作用で成長が止まって顔がむくんだの……」鼻をすする。「それでうちのケリーはそうならないようにと思って……」

「甥御さんも喘息《ぜんそく》なの？」

「いいえ」ミセス・ワトソンは鼻をかみ、首を振った。「潰瘍性大腸炎よ。でもステロイドはみな同じでしょう？」

「いいえ、厳密には違うわ。でもお気持ちはわかります」アリーは慎重に言葉を選んだ。「いちばんの違いは、ケリーのステロイドは吸入薬だということ。

吸入の場合は副作用がほとんどないのよ」

「でも、成長障害を起こすことがあるって」

「まったくないとは言えないけど、ケリーの量ではほとんどないと思うわ。一説では逆に喘息を治療しないほうが成長障害が起こるとも言われているの」

「ステロイドを使わないのに成長が止まるの？」

「ええ。それだけじゃなく、発作のたびにすごいストレスと不安を感じることになるわ。ご家族もね」

「じゃ、薬を使用しても甥みたいにはならない？」

「ええ。大切なのは適切な量を知って、その量を使うことなの。それが喘息の正しい治療法よ」

ミセス・ワトソンはアリーを見つめ、ゆっくりうなずいた。「そう……。私は間違っていたのね」

「娘さんを心配すればこそよ。でももし今度何か心配なことがあったら言ってくださいね」アリーは立ち上がってバッグを取った。「次の喘息外来にケリーを連れてきて。もう一度、一から始めましょう」

「ええ、そうします。ありがとう、先生」

アリーは車に戻った。よかった。これで今度こそケリーも普通の生活が送れるようになる。

続いて胸痛の男性を診察して入院の手配をし、耳の感染症の幼児を診てトンプソン家に寄った。

メアリーが顔を輝かせて玄関に出てきた。「まあ、先生！　まさか来てくださるなんて」

「近くに来たついでに寄ってみたの」アリーはキッチンに通された。

「ジェフはいないわ」

どこか不自然だ。アリーはメアリーを注意深く観察した。「どちらへ？」

「さあ」メアリーが神経質そうに笑う。それから電気ケトルのスイッチを入れた。「コーヒーをいかが？」

「うれしいわ」アリーは素直に喜んだ。今日はショーンに会いたくないばかりにコーヒータイムもスキップしたのだ。「その後、どんな具合？」

「順調よ」メアリーは笑ったが、アリーと目が合うと笑みを消した。「本当は、そうじゃないの」

「またお酒を始めたの？」

「いいえ。少なくとも家では飲んでいないわ」そう言って顔をしかめ、考える。「よそでも飲んでいないと思うけど。飲んでいればすぐわかるわ」

「それなら、何が心配なの？」アリーはコーヒーを受け取り、ビスケットを断った。「ありがとう」

メアリーがスツールに腰かける。「様子が変なの」

「どういうふうに？」

メアリーはカップに目を落とした。「ちっとも元気がないの、あんなに明るかったジェフが。今回もずっと〝二人で頑張ろう〟と言っていたのに……」

「夜は寝ている？」

「いいえ。私が寝たら、彼はベッドを抜け出してキッチンに行くのよ。朝の四時ごろに階下《した》を歩き回っているのが聞こえるの。本人は否定するけど」

アリーはコーヒーに口をつけた。「ふさいだ感じはある？」

「ええ」メアリーは悲しげにアリーを見た。「彼はとてもプライドの高い人なの。今度のことですっかりしょげてしまって。あの新聞記事のせいで世間の笑い物だって。その前まで私と夫以外に誰も知らなかったことが、今は世の中に知れ渡っているから」

アリーはテーブル越しにメアリーの手を握った。「どんな事件も、その日が過ぎれば過去のニュースよ。でもご主人は、そうは思わないでしょうね」

「ええ」

「今週外来に予約が入っているけど、来られそう？」

「さあ。ジェフはプライドが高くて人に頼るのが嫌いだから。今は自力で立ち直ろうとしているわ」

アリーは眉根を寄せた。「そううまくいくか……」

「先生から話してくださる？」メアリーは空になったカップに目を落とした。「いったいどうしたらいいのかしら。正直、もうお手上げだわ」

「もしジェフが外来に来られないなら、私がここにうかがうわ」アリーは立ち上がってバッグを取った。

「ありがとうございます、先生」メアリーは疲れたように微笑んで、ドアでアリーを見送った。

あの手この手でその週ほとんどショーンに会わずにきたものの、金曜日はそうはいかなかった。アリーが車で帰宅すると、家の前にショーンとチャーリーが立ち、遠くのほうを眺めていた。

「ママ、ヒーローがいなくなったの」

アリーはショーンの視線を避けて車のドアをロックした。「どうして？　おばあちゃんは？」なぜ母ではなくショーンがここにいるのだろう？

「農場の誰かが腕をけがしたって帰っちゃった。それでショーンが来てくれたの」チャーリーは涙に濡《ぬ》れた顔でショーンと手をつないでいる。「ヒーロー、また柵を飛び越えて行っちゃったよ。ずっと帰ってこないの」

アリーは娘を抱きしめた。「大丈夫よ、ちょっとお散歩しているだけ。すぐに戻ってくるわ」

「でも雪があるよ。寒くて死んじゃうかも」心配顔のチャーリーにキスし、アリーは立ち上がった。

「毛皮を着ているんだから寒くないわよ」

「ショーンが探しに行ってくれるって」

アリーはあごを上げた。「だめよ、ショーンは忙しいから。ヒーローは自分で帰ってくるわ。前もそうだったでしょう」

「あのときは雪がなかったもん」チャーリーはアリーの腕を引いた。「ショーンに行ってもらおうよ」

「だめよ。ショーンはすることがあるの。私たちも中に入って食事にしましょう」

ショーンはチャーリーの前にしゃがんだ。「いい子だね、ママと食事だって。寝る時間になっても戻らなかったら教えてくれ。捜しに行ってあげるよ」

「それには及ばないわ」アリーは冷たく微笑んだ。彼の精悍《せいかん》な顔立ちやがっしりした体つきが目に入らないよう気をつけながら。

　チャーリーを家の中に追い立てたアリーは、チャーリーの遊び相手をしながら精力的に家事をこなした。家中がぴかぴかになり、キッチンからおいしそうな鍋料理《キャセロール》の匂いが漂う。料理をテーブルに並べたとき、ヒーローの吠《ほ》え声がした。

　よかった！「ほら、帰ってきたわ！」

「ほんとだ！」チャーリーはスツールから飛び下り、玄関に突進した。ヒーローが尻尾を振っている。

　アリーはヒーローの体を拭き、チャーリーをベッドに入れて手早く入浴した。濡れた髪をタオルに包み、リビングに戻ると、赤々と燃える暖炉の前にヒーローが寝そべっていた。

「もう、心配かけて悪い子ね」ヒーローの背中をなで、毛をくしゃくしゃにする。

　ヒーローは小さく鳴いてアリーの手に鼻先を押しつけてきた。が、すぐに唸《うな》りだし、ドアを叩く何者かに向かって吠え始めた。

　アリーは固まった。ショーンだ。出るしかない。入浴後、パジャマではなく、またジーンズをはいたことだし。覚悟を決め、ドアを開く。

「ヒーローは帰ってきたか？」彼が尋ねた。

「ええ、三十分ぐらい前に。いろいろありがとう」

アリーは礼儀正しく微笑み、ドアを閉めようとした。だがショーンはすばやくドアの隙間に足を突っ込み、肩でこじ開けるようにして無理やり中に入り込んだ。

「今週ずっと僕を避けていたな」

　心臓が早鐘を打ち、ドアの取っ手を握り締める。

「避けてなんかいないわ。ただ——」

「ドアを閉めろよ。暖房が逃げるぞ」アリーはしぶしぶ従った。

「ジェフ・トンプソンがうつになりかけているの」仕事の話でごまかそうとする。「メアリーが――」

「そんな話をしに来たんじゃない。僕たちのことを話したいんだ」彼が有無を言わさずつめ寄る。

「話すことなんかないわ」アリーはわが身を抱きすくめて言った。

「あったはずだ。土曜の夜には」彼が残酷に言い放つ。アリーが顔をそむけると頭からタオルが落ち、濡れた髪が肩にこぼれた。「アリー、僕にはわからないよ」ショーンはアリーの肩をつかみ、引き寄せた。「強要したつもりはないぞ」

「そのとおりよ」

「痛くして悪かった。それを怒っているのか？」アリーは赤くなった。

「いいえ。あなたは――」言いかけて咳払《せきばら》いする。

「別に。あれはあれでよかったから」

「よかった？」ショーンはアリーを揺さぶった。

「そんな言い方があるか」

「じゃあ、なんて言えばいいの？　すてきだった、生涯最高の体験だった。これで満足？」

「だったら、なぜ避けるんだ？」

怒りは消え、代わりに疲労感が押し寄せてきた。

「だって、あなたが後悔しているから」

「していないよ」

アリーは彼の手を振り払った。肩のタオルが床に落ちる。「しているわ。お互い今だけ素直になりましょうよ。私、あなたを愛しているの、心から」彼の顔がかすかにこわばる。「わかってる。聞きたくないんでしょう。でもそうなの。なぜあなたを避けているか知りたいなら教えてあげる。私たちは求めるものが違うからよ」

ショーンは眉間にしわを寄せた。「僕は一夜限りの関係にするつもりはない」

「まあ」アリーは目に涙を浮かべた。「それじゃ、お代わりがいる？」

「よせよ、そんなんじゃない。わかっているだろう」彼の怒った顔を見て、急激にアリーの闘志は失《う》せた。もういい。帰ってほしい。

「もう忘れて、ショーン。あなたの考えはわかっているから」

「僕の問題にすり替えるな」

「そうね、すり替えたくてもできないわ」アリーは当てこすった。「あなたは過去も語らず心も開かない。誰も信じないし、誰とも関わらない人だから」

ショーンはこぶしを握った。「それで終わりか？」

「いいえ、まだよ」アリーは彼を見つめた。今にも涙がこぼれそうだが、これだけは言っておかなければ。「以前男性を寄せつけない私のことを非難したけど、あなたはどうなの。誰かと本気でつき合ったことがある？　ないでしょう？　人を愛してしがらみが増えるのが嫌だから。子どもだっていらない。子どもを愛して自分をさらけ出すのが怖いからよ」

「やめろ」

「もう一つだけ言わせて。前にあなたが言ったとおり、人生に保証なんかないわ。だからみんなせめて希望を持って、人を信じて生きるのよ。親になるのは大変よ。人生で自分より大切なものができるんだから。親になるのは裸になって自分をさらけ出すことよ。大変な仕事だわ。だけどみんな頑張ってる。あなたのお母さんみたいな人はめったにいないわ」

ショーンは顔色を変えた。「君に何がわかる」

「ええ、わからない。あなたからちゃんと聞いたこともないし。だから私たちはだめなのよ。あなたがくれるものをもらうだけでいいと思ったけど……やっぱりそれでは不十分だわ」

「僕と結婚したいということか」

「あなたが最初の男性だから？」アリーはせせら笑った。「ばかにしないで。結婚なんかどうでもいい。形より中身の問題よ。人を好きになる前から逃げることしか考えていない人とはやっていけない」

「言いたいことはそれだけか？」

「ええ、たぶんね」

お願い、反論して。私を死ぬほど愛していると言って！　だが、ショーンは黙っていた。

涙はあふれる寸前だった。今すぐ帰ってくれないとますます惨めになる。

ショーンはしばらくの間、苦痛に満ちたまなざしでその場に立ち尽くしていた。一瞬、アリーは彼がキスをするのかと思った。しかし彼はこぶしを固め、その場から立ち去った。玄関のドアがきしんで開き、ばたんと閉まった。

9

翌週は悪夢のようだった。

職場では何度もショーンと鉢合わせしそうになった。唯一の慰めは、彼もまたアリーと同じくやつれて見えたことだ。今やアリーは食事を取ることも寝ることもできなかったが、それに追い打ちをかけたのが、カンブリア州ほぼ全域に広がった流行性胃腸炎だった。

発病から三日後にいくらか回復し、身を引きずるようにして出勤した。とりあえずここ数日、嘔吐《おうと》は止まった。それに同僚医師が同じ病気で休んでいるので、これ以上仕事に穴を開けるわけにはいかない。

ウィルは逆の考えだった。「医者が死にそうな顔をしていたらクリニックの信用が丸つぶれだ。休みなさい」

アリーは反論した。「大丈夫よ。少しふらふらするだけだから」そしてだるい。糸を切られた操り人形のように。だがいったん座れば落ち着くだろう。

ウィルの目は鋭かった。「ほかにも何かあるんじゃないのか？」

「胃腸炎よ」アリーはわざと机の片づけを始めた。

「みんなそうだもの」

「しかし、胃腸炎なら一日で治るはずだが」

アリーは引き出しをかきまぜた。「私も治ったわ」

「ショーンが原因じゃないのかね？」

アリーは手を止めた。だが、ここで気を緩めてはいけない。これから朝の外来が始まるのだから。

「大丈夫だったら」

しばしの沈黙があった。「そうか。もし何かあったら言うんだぞ」

優しい声に、思わず涙が浮かぶ。「ありがとう」

ウィルがそれからそっとしておいてくれたおかげで、外来までにどうにか持ち直した。だが、一人目の患者を呼び入れたとき、ふとウィルの言葉を思い出した。ウイルス性胃腸炎なら一日で治る——だとすれば、この不調の原因はなんだろう？

アリーは機械的に仕事をこなした。患者の耳と喉を見て胸の音を聴き、処方箋の記入をする。それから次のウイルス性胃腸炎の診察……。最後の患者がついに引けると、恐る恐るカレンダーを手に取った。

一日ずつ日にちを数える。もう一度。それから目をつぶった。生理が遅れている。ショーンと関係を持った日が生理の開始予定日だったから大丈夫と高をくくっていた。最初はただ呆然《ぼうぜん》とカレンダーを見つめていたアリーだったが、やがて胸の中でふいに花火が弾《はじ》けた。

赤ちゃん——ショーンの。

カレンダーを机に置いて外の山並みに目を向けると、微笑《ほほえ》みが浮かんだ。どうしたの？　子どもも結婚も望まない男性の子を身ごもって笑うなんて。

お腹にそっと手を置く。だってこの子はショーンの分身、愛の証《あかし》だから。是が非でも産んで育てたい。ただ一つの問題は、ショーンにどう言うか……。

顔から笑みが引く。ショーンは子どもはいらないと明言したし、私ともいずれ別れるつもりだろう。

だがしんしんと降りだした雪を見つめるうち、アリーの心は落ち着いてきた。大丈夫、なんとかなる。

彼には言わない。言っても迷惑だから。家族と友達の手を借りよう。チャーリーのときみたいに……。

それから三日間、雪は降りしきり、カンブリア州一帯の交通が麻痺《まひ》した。

「車は動かないのに患者は続々と増えているわ」ヘレンが予約外患者をリストに入れながらぼやく。

アリーは笑った。「退屈だから、私たちに会いたいんでしょう」

「なるほど」目を上げたヘレンは絶句した。「アリー、どうしたの？　幽霊みたいな顔しちゃって！」

「幽霊とはずいぶんね。おかげで元気が出たわ。それで、私の予約外の患者さんは？」

「ウイルス性胃腸炎が二人だけど……ウィルかショーンに代わってもらう？」

「まさか」アリーは大きく息を吸ってカルテを取った。「私が診るわ。最初の人を入れて」

診察室で患者を待ちながら、アリーはつわりのことを考えて憂鬱になった。これまで数限りない妊婦たちに、時がくれば治るものだと言い聞かせてきたけれど、これからはもっと親身に接しなければ。吐き気と全身の倦怠《けんたい》感。いずれはウイルス性胃腸炎とはほかの言い訳が必要になりそうだ。

最初の患者が入ってきた。また胃腸炎だ。診察し、水分補給と下痢について注意を与える。患者が帰ると激しい吐き気に襲われた。どうにか職員トイレにたどり着き、十分後にふらふらになって出てきたところでショーンとでくわした。

「ヘレンから聞いたぞ。まだ治らないんだって？」

なぜこんなときに会うのだろう？「平気よ」

「ちっともそう見えないけどな」

「みんなと同じウイルスにかかっただけよ」

「治るのに人の倍も時間がかかっている」

「ドクター・マグワイア！」ヘレンの声が廊下に響いた。アリーは渡りに船とばかりに受付へ向かった。

「どうしたの？」

ヘレンが顔を曇らせ、受話器を置く。「フェリシティ・ウェブスターからよ。陣痛が始まったけど病院に間に合わないって。道路は閉鎖されているし、陣痛は二分間隔ですって。パニック状態だったわ」

「助産師は？」アリーは早くもコートを手にして尋ねた。

「カークストンパスの向こう側で別のお産に立ち会っているって」

「アリー、その体じゃ無理だ」ショーンがバッグを取り、代わりに行こうとする。

「私が行くわ。私の患者なんだから」アリーはショーンを追いかけた。

「どうせ止めても聞かないだろうな。しょうがない、一緒に行こう」

ショーンが鍵を鳴らすのを見て、アリーは眉根を寄せた。「あなたの車では行けないわ」

「ウィルが四輪駆動を貸してくれた」ショーンは厚手のジャケットを羽織った。「本当に大丈夫か？」

アリーは首にマフラーを巻き、ポケットに手を入れた。「もちろんよ。これだけは外せないわ。分娩《ぶんべん》は大好きなの」

「それを聞いて安心した。僕は専門外だからな」

アリーは彼とウィルの車に向かい、助手席に座ってほっとした。胃がむかむかする。生まれるまでずっとこうなのかしら。

　路上のあちこちに乗り捨てられた車があった。雪で立ち往生したのだろう。フェリシティの家に近づくにつれ、雪はますますひどくなった。ショーンは四輪駆動車を楽々と操り、氷とぬかるみの道を持ち前の冷静さで巧みに切り抜けた。

　家の前にフェリシティの夫のヒューが立っていた。二人を見て、大仰に腕を振る。

「お産が始まったのかな」エンジンを切り、二人は慌てて駆けつけた。

　ヒューが興奮して言った。「よかった。生まれそうなんだ！」

「まだだめよ！」アリーはショーンを追い越し、疲れも忘れて階段を一段飛ばしで上がった。

　フェリシティはベッドの足元にしゃがんでいた。髪を振り乱し、顔は涙で濡《ぬ》れている。

「ドクター・マグワイア、よかった。前のことを考えると怖くてたまらないわ」

「大丈夫よ」アリーはフェリシティの髪をなで、肩をつかんで励ました。「経過は良好だし、前よりずっと楽にいくわ。まず診察しないと。横になって」

　男性陣の助けを借りてフェリシティをベッドに上げる。続いてアリーは手を洗い、手袋を装着した。

「いい？」内診の結果、子宮口は全開とわかった。

　フェリシティが苦痛にうめく。

　アリーは手袋を取って笑った。「せっかちな赤ちゃんね」緊張した面持ちのショーンに向かって言う。

「お産キットを開けて。注射の用意を」それからヒューに向かって指示した。「キャンドルと癒しの音楽がいるわ。シューベルトの弦楽四重奏はある？」

　ヒューはあっけに取られた。「ああ、でも――」

「さあ」アリーは枕を置き直し、ベッドを整えた。

「今言ったものを取ってきて。フェリシティ、ここに寝て。床にしゃがむのが楽ならそれでもいいけど」

フェリシティが手を握る。「いったいどうなるの？」

アリーはフェリシティを抱き締めた。「心配ないわ、任せて」

フェリシティは微笑み、床に下りた。

「ヒュー、タオルを取って」アリーはフェリシティの下にタオルを敷いた。「そう、それでいいわ。ほら、キャンドルを灯《とも》すとすてきじゃない？」

そのとおりだ。キャンドルの炎でフェリシティも落ち着いた。「また陣痛が来たわ」

アリーは新しい手袋をつけた。「いいわよ、いきんで。そう、上手よ。頭が見えたわ」

フェリシティがすがるように夫に手を伸ばす。

「背後からわきの下に手を入れて奥さんを支えて」

アリーの言葉にヒューが従った。

「大丈夫？」フェリシティが笑いながら尋ねる。

「赤ちゃんが落っこちて頭を打たないかしら」

「ちゃんと網ですくうから大丈夫よ」アリーは冗談で返した。

目を上げると、ショーンがしげしげとアリーを見つめていた。アリーは微笑んで彼に吸引チューブを渡した。

「これで赤ちゃんの口と鼻をきれいにして」

ショーンはうなずき、アリーがうまく手を添えて赤ちゃんを取り出すところを眺めた。

頭がするりと出ると、アリーは涙ぐんだ。いずれ私も、ショーンの子を産むのだ。彼には知らせずに。だって、どうせ知っても喜ばないから。

ショーンが赤ちゃんの気道の羊水を吸引する。次の陣痛を待つ間、アリーは彼の野性的で精悍《せいかん》な顔立ちを目でなぞり、ハンサムな顔の一つ一つを記憶に刻みつけた。目を上げたショーンが、アリーを見てけげんそうに眉根を寄せる。

アリーは顔をそむけた。何を考えていたか気づかれたかしら？

フェリシティが告げる。「また陣痛よ」

「オーケー、呼吸法を続けて」アリーは慣れた手つきで赤ちゃんの片方の肩を出した。ショーンが注射を打つ。赤ちゃんの体が全部出ると、アリーはへその緒を切り、母親に抱かせた。

「ヒュー、見て！」フェリシティが感きわまって泣きだした。アリーも目をしばたたいて涙をこらえた。

「おめでとう、女の子よ」

「ああ、愛してるわ、私の赤ちゃん」フェリシティは産声をあげるわが子を抱き締め、感涙にむせんだ。夫のヒューも涙を流している。

アリーはショーンを見た。彼はまったくの無表情で使用ずみの器具を片づけている。

何も感じないのだろうか。赤ちゃんの誕生を見て感動しない人がいるなんて。

アリーはへその緒を引っ張って胎盤を出し、すべてが完了したことを確認した。

母親の体を清潔にしてベッドに入れ、授乳させる。遅ればせながら、助産師もやっと到着した。

「ああ、寒かった。ここに来て生き返ったわ」助産師はヒューが持ち込んだストーブに当たった。「よく頑張ったわね」

フェリシティが幸せそうに微笑む。「ええ。これまでと違って、今回は楽だったわ」

アリーは笑って、残りのものを片づけた。「まさか自宅で産むことになるなんてね」お産の記録をつけて助産師に渡し、また明日訪問することを約束する。「この天気だし、病院に移る必要はないわ。何かあったら電話して。家でもいいから」そう言って自宅の番号を書き添えた。

フェリシティが感激して言った。「先生、なんてお礼を言ったらいいのか……」

「いいのよ」アリーも泣きそうな声でバッグを取り上げた。「じゃあ、お大事にね」

雪の中を苦労して車に戻り、ショーンが解錠してくれるのを震えながら待った。

「すごかったよ」ショーンがエンジンをかけ、息を凍らせて言った。「僕一人じゃ何もできなかった」

アリーは寒さに縮こまった。「そんなことないわ。分娩は何度もやっているでしょう？」

ショーンがハンドルを握り、車を出す。

「技術的なことじゃない。気配りのことだよ」

「どんな？」

「妊婦のめまぐるしい気分の変化を予測して事前に対応した。僕にはまねできない」

「私だって吹雪の山の上で胸にチューブは入れられないわ。お互い相手にないものを持っているのね」

「そうだな」そこでショーンは改まって言った。「君はとても優しくて、人の気持ちがわかる女性だね、アリー・マグワイア。それにひたむきで、もの怖《お》じしない」

アリーは彼の横顔を見た。胸が締めつけられる。

「味方の応援があればね。その点ではついていたわ。いつも私を愛してくれる家族がいたから」

アリーはしばらくショーンの言葉を待ったが、彼は急に遠い目をした。そして一言も発することなく、表の通りに入った。

ジェフ・トンプソンは次の診察にも現れなかった。アリーが相談所に尋ねたところ、更生はとてもうまくいったという返事だ。

「きっとうつになっているのね」ある朝、アリーが打ち明けると、ウィルはうなずいた。

「兆候はあったのかね？」

「はじめは違ったけど、禁断治療がすんでから来なくなったの。二回訪問してみたけど留守だったわ」

ウィルがあごをさする。「そうだな、彼もいろいろあったからな。うつになってもおかしくはない」

アリーは突然こみ上げてきた吐き気をこらえ、〝ジェフの家に電話〟とメモをした。

昼前にジャックが来た。アリーは、胃カメラの結果、小さな潰瘍があったが悪性ではなかったと伝えた。「でもピロリ菌の除菌はしたほうがいいわ」

「うまくいくかな」

「ええ、薬を三つセットでのむの。胃酸の分泌を抑える薬と抗生物質を二種類よ。これで潰瘍の原因となる菌が撲滅できるわ」

アリーはパソコンのキーを叩《たた》き、処方箋を印刷してジャックに渡した。

「昨日、救助隊の召集があったんですって？」

「ああ」ジャックは紙を受け取り、ポケットに押し込んだ。「山の中腹で女性が足首をくじいたんだ。まただよ。一人につき五ポンドもらえれば、宝くじなんか買わずにすむのにな」

アリーは笑った。「きれいな女性を見る口実にもなるしね」

「昨日の女性は六十歳だぞ」ジャックはジャケットを羽織りながら言った。「そんな年齢で真冬の山歩きをするんだからな。しかし、こっちが元気でいられるのも、そういう女性のおかげだな」

しばらく話したあと、アリーはヘレンから往診リストをもらい、ジャックと一緒にクリニックを出た。リストにフェリシティ・ウェブスターとジェフ・トンプソンを加え、ウールのコートにくるまって四輪駆動の車に向かう。雪の季節になってから、遠くの往診にはレンジローバーを使うことになっていた。

アリーはまず胸痛の男性宅を訪れ、消化不良と診断した。それから雪道で転倒した老婦人を訪ね、診察の結果、右足が外旋して短縮していることがわかった。大腿骨頸部《だいたいこっけいぶ》骨折だ。

「脚を骨折していますね、ミセス・ワイズ」老婦人に告げ、後ろにいる娘に目配せする。

「まあ、病院に入院しなくちゃいけない？」

「ええ」アリーは毛布をかけ、救急車を呼んで到着までつき添った。

次の患者はフェリシティだった。お産から三日が経《た》ち、回復は順調だ。

「この子、すごくよく飲むのよ」フェリシティは赤ちゃんの背中を叩いてげっぷさせた。

「上の子たちの反応はどう？」

「みんなでつつくからクリスマスまで生きているか心配よ」フェリシティは笑い、また授乳を始めた。

「あなたの気分は？」

「元気そのものよ。先生のおかげだわ」

「あなたの力よ、フェリシティ」

フェリシティは首を振り、赤ちゃんを抱え直した。

「いいえ、私はパニック状態だった。前のお産も大変だったし」

「無事にすんでよかったわ」アリーは子宮の戻りを確認し、別れを告げた。これでジェフ以外の予定は終了した。ジェフと時間を気にせず話せそうだ。

ジェフの家はしんとしていた。二回ドアをノックし、下がって窓を見上げたが、人がいる気配はない。引っ越したのかしら。アリーはレンジローバーに戻り、ひとまずクリニックに引き揚げた。

だが、急に猛烈な吐き気に襲われ、運転席から動けなくなった。目をつぶって呼吸を整えていると、ふいにドアが開いた。

ショーンだった。「また気分が悪いのか？」

「少しふらふらするだけよ」

ショーンがじろじろ眺めて言う。「十日も経っているのに。ウイルス性胃腸炎がそんなに続くか？」

彼は勘づいている。アリーはショーンの目を見てぴんときた。

「違う病気かもしれないけど……」

「話し合ったほうがよさそうだな」

「あとでね」鍵を引き抜き、吐き気をこらえる。

「いや、今だ」ショーンは大きくドアを開き、アリーが降りてくるのを待った。アリーはバッグとコートを持って降りようとしたが、立とうとした瞬間、ショーンの腕の中に倒れ込んだ。「大丈夫か」

アリーはいつまでも抱かれていたい気持ちを振り切り、歩きだした。建物に入ると、ショーンは手首をつかんでアリーを彼の部屋へ連れていった。アリーはドアの内側に立ち、彼と向かい合った。

「妊娠しているんだろう？」

「ショーン、聞いて――」

「どうして言わなかったんだ？」

アリーはかばうようにお腹に手を当てた。「わからないわ」

ショーンの顔が突如よそよそしくなった。あの夜さえなかったことにするように。「古い手口だな」

「なんのこと？」

「結婚するためか」窓辺に足を運び、遠い山並みに視線を投げる。

「私があなたを陥れたと思っているの？」

ショーンが挑むように振り返る。「違うか？」

「違うわ！　そんなことするもんですか！」

「じゃあ、なぜ妊娠した？」

アリーはたじろいだ。「事故よ……」

ショーンが苦々しく笑う。「君は医者だろう。とぼけるなよ。避妊はしているかと訊《き》いたはずだ」

「ええ、大丈夫だと思ったのよ。安全期のはずだったの」

「そうだろうとも」

彼の嫌みに、アリーは涙を浮かべた。「あれだけ子どもは欲しくないと言われたのに、好きこのんで妊娠したりするもんですか」

「妊娠すれば結婚できると思ったんだろう」

「違うわ」

ショーンの目は怒りに燃えていた。「そうか？じゃあ、なぜだ？」

「偶然こうなったのよ」

「どうだかな」

「ショーン、どうしたら信じてもらえるの？」

「さあな」

「私を信じて」

「無理だ」

アリーは唾をのんだ。「あなたを愛しているの。愛する人をわざと傷つけたりするわけがないわ」

「しているじゃないか」

「違うわ」ゆっくりと首を振る。「怖いのね。結婚させられるのが――」

「そうじゃない」

「いいえ、そうよ。将来を誓うのが怖いのよ。でも、それなら心配いらないわ」

彼は顔をそむけた。「ほかに選択肢があるのか？」

「あなたとは結婚しないわ。たとえこの世にあなたしか男性がいなくても」アリーは必死で涙をこらえた。「自分も子どもも愛されない結婚になんの意味があるの？」

ショーンは振り返った。「だが、僕らの子どもだぞ」

「いいえ。あなたがこの子を望まないなら、あなたの子じゃない。私だけの子よ」

「一人で育てるのか」

「まさか……おろせと？」

「そんなことは言っていない。だがほかの方法があるだろう。子どもができたら生活が丸ごと変わるんだぞ」

「それくらい、チャーリーがいるからわかるわ」アリーは挑戦的にショーンの顔を見据えた。「この子は私の子よ。すべてを捧《ささ》げて愛するわ。養子には出さない。わが子を人にあげるなんて言語道断よ」

「わかるもんか」ショーンが椅子の背をつかむ。

「あとで逃げ出したくなるぞ」

「逃げたりしない。私はこの子の母親なのよ！」

「そう簡単にいくか？　育てるのは大変だ。赤ん坊がぎゃあぎゃあ泣いたらどうする？」

彼は自分の母親のことを言っているのだろうか。すべての原因はそこなのだろうか。人間不信、家庭不信が強すぎて、どんな言葉も彼の耳には届かない。もしも彼の実母とすれ違うことがあれば、殴ってやりたい。幼いショーンの信頼を勝ち得ることのできなかった無能な養父母たちも。

「泣くのがうるさくて赤ちゃんをよそにやると思っているの？　たとえ十年間、毎晩泣き続けたっていい。それでも私はこの子を愛しているし、心からかわいがるわ」

「一人でか？」

「一人じゃない。両親も、兄たちも、チャーリーもいる。みんなこの子を愛して守ってくれる。何一つ不自由なく暮らさせてみせるわ」

「父親はいないけどな」

アリーは唾をのんだ。「そうね」

長い沈黙があり、彼の呼吸が聞こえた。「もしも僕が結婚しようと言ったら？」

「断るわ」精も根も尽き果てて、アリーは答えた。「あなたとは結婚しない。私があなたを陥れたと死ぬまで責められるから。そんなの耐えられないわ」

もうたくさんよ。アリーは踵《きびす》を返し、退室した。

10

アリーはベッドに横になり、天井を見上げた。眠れない。思い出すのはショーンのさっきの言葉ばかりだ。養子なんて私が承知すると本気で思ったのかしら？ ショーンの母親のことを思い出すとはらわたが煮えくり返る。血と肉を分けたわが子を他人の手にゆだねるとはいったいどういう女性だろう。彼の人間不信は母親のせいだ。あの口ぶりでは彼は養家を転々としたようだった。ウィルとモリーに出会うまで。だがおそらく、二人の登場は遅すぎたのだろう。彼が人に対する信頼感を養うには。

アリーはいらだって起き上がり、顔から髪を払った。ちっとも眠れやしない。ガウンを羽織り、ウエストで紐《ひも》を結ぶ。何か飲んでこよう。

キッチンに行って明かりをつけ、冷蔵庫からミルクを出した。

マグを手に取ったとき、電話が鳴った。

オーブンの時計が夜中の二時を指している。当番でもないのに、こんな時間に誰だろう？

「もしもし？」

電話の主はジャックだった。緊迫した声ですぐ本題に入る。「ジェフ・トンプソンは君の患者だな？」

「ジェフ？」アリーは顔をしかめ、空っぽのマグをテーブルに置いた。「ええ、そうよ。どうして？」

「今朝ラングデールズに向かったのを最後に消息を絶った。妻から警察に届け出があって、ダンジョン渓谷で彼らしき人物を見たとの情報が入った」

「そんな」アリーは真っ青になった。「すぐ行くわ」

「助かるよ。お母さんにチャーリーを頼めるか？」

アリーは早くもガウンを脱ぎかけていた。「ええ、大丈夫よ。十分で来てくれるわ」

「隊には召集をかけた。捜索救助犬協会《SARDA》の派遣マネージャーのハワードにも警察から連絡してある」

今日のような悪天候の捜索活動では、犬の能力がものを言う。

「じゃあ、二十分後にダンジョン渓谷でね」

「よし、ショーンに乗せてもらえよ」

アリーは唾をのんだ。「ショーンも来るの？」

「当たり前だ」ジャックが笑う。「重要な戦力だぞ」

アリーはしぶしぶ納得して身支度をした。十五分後、玄関をノックする音がした。

急いで母を入れ、一緒に来たショーンにうなずき、彼の車に向かった。

ショーンは砂利道を可能な限り飛ばした。猛烈な吹雪が視界を阻んでいる。

「気づくべきだったわ」アリーは青ざめた顔で闇を見つめた。「こういうことをするかもしれないって」

そのとき車が大きく横滑りしたが、ショーンは瞬時にハンドルを操り、進行方向を修正した。

「気づくもんか。超能力者でもないのに」目を道路に釘《くぎ》づけにし、雪道と格闘しながら言った。

「でも、うつじゃないかと思っていたの」アリーはため息をつき、髪を結んでニット帽を深くかぶった。

ショーンは眉根を寄せ、誰もいない交差点で念のため減速した。「そんなことは忘れろよ。君のせいじゃない」

アリーは彼の険しい横顔を見つめた。「早くしないと低体温症で死んでしまうわ」

ショーンが口元を引き締め、ギアを上げる。「そうならないことを祈ろう」

駐車場に車を入れ、サイドブレーキを引く。「アリー、君はここで待っていろ」

「なんですって？」

「この雪だ。山は危険だぞ」

アリーの心は揺れた。心配してくれているの？期待に胸が躍ったが、すぐに打ち消した。そんなはずないわ。また女性を見下しているのだろう。女の私は足手まといだと思っているのだ。

「ショーン、ジェフは私の患者よ。行かなくちゃ」

ドアを開けようとするアリーの手を、ショーンが押さえた。「だめだ、アリー！」

アリーは皮肉っぽく笑った。「出会ったときみたいね」

ショーンはアリーを見つめ、唇を歪《ゆが》めた。「そうだな」

「あのときは悪かったと認めたでしょう」

「認めさせられたんだよ、女性差別と言われてね」

ショーンは首を振り、座り直した。「もう二度と君を一人で山になんかやらない」

「私が女性だから？」

ショーンがアリーを見つめる。「違う」

「じゃあ、どうして？」

彼は口を開きかけてやめた。「わからない。やりたくない、ただそれだけだ！」

「どうして？」アリーは訴えるように彼を見た。「私が大切だから、私を愛しているからだと言って！

「さあな」彼は苦しそうに顔を歪めた。それから深く息を吸い、アリーの目を探るように見た。「わかってくれ――」

そのとき車のドアが外から開き、ジャックが首を突っ込んだ。「おい、二人ともここで一晩中しゃべり続けているつもりか？」

絶妙のタイミングだ。アリーはいらだちを抑え、無理やりジャックに微笑《ほほえ》んだ。

「今行くところよ。プランは決まった？」ショーンから目を離して車を降りる。外は凍えるほど寒い。

ジャックがチーム全員を呼び、最後の打ち合わせをした。アリーはまだ彼女を止めようとしているショーンを無視して、ジャックの話に集中した。

出発のとき、ショーンをからかった。「心配なら手をつなぐ？」

ショーンは笑わなかった。「まだ間に合う。やめろ」

「大丈夫よ」

「それなら、僕からかたときも離れるなよ」

考えただけでうれしかった。本気で心配してくれているのだと今だけ思おう。彼のたくましい肩を見ると胸が苦しくなった。彼を愛している。お腹にそっと触ると、それに気づいた彼がアリーの顔を見た。

それから二人は最後尾につけ、確かな足取りでジェフ・トンプソンの捜索に向かった。懐中電灯の明かりで吹雪の闇を切り裂きながら。

およそ三時間後。ほとんどが捜索をあきらめかけたとき、ジェフを見つけたのは、ルーシーの犬のレッドだった。レッドはある場所にぴたりと止まって吠《ほ》え続け、隊員と飼い主を呼んだ。

「あそこよ！」ルーシーは崖下の張り出した岩でうずくまっている人影を懐中電灯で照らした。

「よくやった！」ジャックが目の雪を払い、確認して重いため息をつく。「困ったな。あそこは狭すぎて下りられない。さて、どうするか――」

しばらく話し合っていると、チームの一人が血相を変えて走ってきた。「ジェフと話が通じた。彼は助けに来たら飛び下りると言っている。このまま死なせてくれ、と」

ジャックは目を閉じ、罵った。「しょうがないな。ここは主治医にご登場願おう」

「いいわ」リュックを下ろしたアリーは寒さに縮こまった。最高級の登山服さえ突き通す冷気だ。早く助けないとジェフが死んでしまう。

「アリー、テッドと行って、ジェフを説得しろ」ジャックが懐中電灯で道具係を照らす。「僕らは最悪の事態に備えて準備する」

「というと?」

「誰かをロープでつり下げて助けに行かせるんだ」

ジャックは相談のため、その場を離れた。

アリーは崖の際すれすれまで寄り、下に向かって叫んだ。「ジェフ、私よ――ドクター・マグワイアよ」

しばらくの間、返事はなかった。聞こえなかったのだろうか。だが、もう一度叫ぼうとしたとき、下から声が返ってきた。

「誰とも話したくない」

「ジェフ、お願い!」アリーは腹ばいになり、さらに縁に寄った。「あなたを助けたいの」

「無理だ。誰にも助けられない」

「おい、アリーにロープをつけろ! 雪が崩れるぞ」ジャックの声が闇の中で聞こえた。アリーは後戻りしてロープをつけてもらったが、心は自分の安全よりジェフにあった。

いったいどう言えば聞いてもらえるだろう。「ジェフ、こんなのだめよ。メアリーのことを考えて」

「考えているとも。だから死ぬんだ。メアリーには私なんかがいないほうがいい」

「そんなことないわ」寒さに震え、より寒いに違いないジェフの身を案じる。「メアリーはあなたをとても愛しているのよ」

「私にはもったいない」ジェフがうずくまるのがかすかにわかった。「私は何一つまともにできない。これを見ろ。身投げしたつもりが途中で引っかかった」

ジャックと顔を見合わせる。「ジェフ、けがをしているの?」

「そんなことはどうでもいい!」

「よくないわ。これは私のせいよ」

長い沈黙があった。「どういうことだ？」

「あなたの気持ちをわかってあげなかった私が悪いの」アリーは風に逆らって声をあげた。「もしもあなたが落ちたら、私は一生自分を許せないわ」

「ばかな」ほとんど聞こえないような声だった。

「だから救助隊に助けてもらって」

「嫌だ！」

「ジェフ、お願いよ！」

「飛び下りるぞ」

アリーは目をつぶったが、もう一度続けた。「じゃあ、私がそこに行くわ。話をさせて」

再び沈黙があった。「よし。だが先生以外はだめだぞ」

「よせ！」ショーンの声が聞こえた。「ジャック、なぜ黙って見ているんだ。やめさせろよ！」

ジャックは肩をすくめた。「ほかに方法がない」

「行くわ」アリーはすでに身支度を始めている。

「いいか」ジャックが指示を与える。「下りて状況を探れ。最後まで絶対ロープを外すなよ。一人でなんでもできると思うな。わかったな？」

アリーはうなずいた。「ええ。でも――」

「つべこべ言うな。いいか、ロープは外すなよ。ジェフには別のロープを下ろすから、それを使え」

「了解、ボス」アリーが行こうとすると、ショーンが腕を痛いほど強くつかんで引き止めた。

「やめろ、僕が行く」

「聞いただろう。彼女でなければ飛び下りると言っているんだぞ」ジャックがショーンを引き戻す。

「落ち着け、ショーン。落ち着くんだ！」

ショーンは食い入るようにジャックを見つめ、それからアリーのほうを振り返った。

「それならアリーのロープを僕につなげ」アリーのそばに行き、目を見開いて言い聞かせる。「必ず僕の言うとおりにするんだぞ、わかったか」

アリーは黙ってうなずいた。ショーンがアリーのハーネスをもう一度自分の手で点検し、ロープを確認した。「もしもあいつが飛び下りたら、そのまま行かせろ」

「でも――」

「いいから、アリー、言うとおりにしろ。くれぐれも無理はするんじゃないぞ」

「わかったわ」アリーは目についた雪を拭った。ジャックが傍らで二人を見守っている。それからさらにいくつか点検と準備作業が行われた。ジェフの身投げした崖はごつごつしていて、ロープで下降するには不向きだ。アリーは岩の間をはうように伝い、彼のいる場所にたどり着くしかなかった。雪の降る闇を見下ろし、一瞬恐怖に駆られる。ジェフのいる場所に二人立つだけのスペースがあるだろうか？

　深呼吸してゆっくりと崖の際へ近づき、縁を越えて手を使いながら下りた。上から指示を与えてくれるショーンの声だけが頼りだ。

　延々と時が過ぎ、ついに岩棚に着地した。アリーは壁にへばりついて風雪をしのいだ。強風が吹きつける。これほどむき出しになった場所に来たのは、生まれて初めてだった。

「ジェフ？」

　すぐそばに彼がうずくまっていた。ヘルメットのライトで確認したところ、足を踏み換える場所もない。狭すぎる。よくもこんな狭い場所に引っかかったものだ。谷底にずたずたの死体となって転がっていてもおかしくなかったのに。

「ジェフ？」意識がないのだろうか。彼の脇にしゃがむと、ありがたいことにジェフは顔を上げた。

「ほっといてくれ。なぜ来た。私を死なせてくれ」

「死んじゃだめよ」ロープが邪魔で向きも変えられないが、外すわけにはいかない。「それよりも、けがをしているの？」

「ああ、足首をけがした。立てないんだ」

「わかったわ」アリーに風が直撃し、彼女は岩にしがみついた。「安全な場所に移動して足を見せて。あなたにハーネスをつけさせてくれる？」

「嫌だ！」ジェフは背中を起こそうとして痛みに顔をしかめた。「救助は断る」

「ジェフ、そんなこと言わないで！」風が強くて叫ばなければ聞こえなかった。「一緒に頑張りましょう。あなたはもう立派に依存症を克服したわ」

「メアリーは私がいないほうがいいんだ」

アリーは別の作戦でいくことにした。「ジェフ・トンプソン、メアリーを口実にしてはいけないわ」

ジェフが困惑顔で振り返る。「口実なものか。本気で言っているんだ。だから死ぬんだ。これ以上メアリーが負け犬の面倒を見なくてもいいように」

「本当にメアリーが大切なら、メアリーの気持ちを考えて。あなたがいなくなってどんなに心配しているか。あなたが山に行ったと知って……」そこで強風で壁に叩《たた》きつけられ、アリーは顔を歪めた。「あなたが死んだと思って大ショックを受けているのよ。愛する夫を助けられなかった自分を責めて」

ジェフは苦痛に顔を歪めた。「メアリーは私を助けてくれたとも。妻は悪くない――」

「でもメアリーはそう思っている。もしあなたが死ねば一生罪の意識に苦しむわ。それでもいいの？」

ジェフはゆっくりと首を振った。「いいや、いいわけがない。そんなことを私は望んでいない」

「だったら生きて。安全な場所に避難しましょう」

ジェフはアリーを見つめ、肩を落とした。「わかった。そうしよう」

アリーは安堵《あんど》とともに腰に下げてきたジェフ用のハーネスを探った。それを外し、ジェフに装着させる。しっかり装着したことを確認すると、彼用のロープをつけ、ジャックに向かって叫んだ。

「ジェフにロープをつけたわ。ジェフを上げて。足をくじいているの」

次の瞬間、ジャックの声が強風にかき消された。同時に足場から落ち、宙づりになる。続いて振り子のように壁に激突し、アリーの意識はとぎれた。

「アリー、しっかりしろ！」男性の心配そうな声がする。とても聞きなれた声だ。

まぶたの上に象でものっているんじゃないかと思った。アリーは目をこじ開けたが、猛烈な頭痛に襲われ、またつぶった。

「気がついたぞ！」ジャックの声だ。いつになく緊迫している。「早く下ろそう」

「待て、診察してからだ」

今度こそアリーは目を開けた。ショーンだ。

「名前は？」

「ミニーマウス」

「こら、ふざけるな」

アリーは彼の切羽つまった顔を見て笑みを引っ込めた。「大丈夫だったら」だが彼はまだ納得しない。

「いいわ、名前はアリー・マグワイア。二十八歳、チャーリーという小さな娘がいる。それから――」

瞳孔反応を確認し、ショーンが眉根を寄せる。

「それから？」

「妊娠している。まさか流産しないわよね？」

「大丈夫だ」

「なんの話だ？」ジャックが心配顔を覗《のぞ》かせた。

ショーンが答えるより早く、アリーは首を振った。

「なんでもないわ、ジャック。ジェフはどう？」

「君のおかげで助かったよ」ジャックはショーンの診察が終わると、アリーを担架にのせた。「ジェフはくるぶしの骨折と重度のうつだが、いずれ治る。ルーシーがついているが、見てみるか？」

「いや」ショーンはアリーから目を離さずに言った。

「僕はここにいる」

「しかし……」ジャックはショーンの真剣な顔を見て譲った。「いいとも。ジェフは任せろ」

それからアリーはショーンがほかの隊員に指図する姿を見守った。涙がこみ上げる。愛するショーン。強くて頼もしい。だが彼の心は扉の奥に閉じ込められたままだ。扉を開ける鍵はない。

「痛いか？」ショーンがすぐそばに来て、アリーの目を覗き込んだ。

「いいえ」アリーは目をつぶったが、涙でまつげが濡《ぬ》れた。「大丈夫よ」

ショーンはアリーの顔を両手で挟んだ。「なぜ泣いているんだ？　痛いのか？」

そうよ。でも、けがのせいじゃない。アリーは彼を見た。「ごめんなさい」

「何が？」

「妊娠したこと。でも、わざとじゃないわ」

ショーンはアリーの涙を拭った。「もう考えるな。あとで話そう」

彼には責任がないことを知らせたい。「あなたに結婚してほしいなんて思っていないわ。安心して」

だが彼は逆に無愛想になり、ジャックに向かって言った。「おい、早くアリーを下ろそう」

下山の際はみなほとんど口をきかなかった。闇と吹雪のため足元から目が離せなかったからだ。そして最初から最後までアリーの横にはショーンがいた。彼は救命室にアリーが着くまでそばにいてくれた。

マルコム・ロバーツという名の上級専門医が現れた。ショーンは軽く会釈をして、アリーの状態を簡潔に説明し、診察の様子を注意深く見守った。

医者はいくつか問診を行い、アリーの頭の傷を見て眉根を寄せた。「これは縫わないとな」

ショーンが言った。「僕がやる」

医者はショーンを一目見てうなずいた。「いいだろう。それじゃあ、看護師を一人つけよう」

「今夜家に連れて帰りたいんだが」

マルコムはカルテから目を上げた。「誰かつき添えるか？」

「僕がつき添う」ショーンが答えた。

「だったら問題ない」医者はカルテの記入をすませ、胸ポケットにペンをしまった。「何かあれば連れてきてくれ」

「もう一つ」ショーンは咳払《せきばら》いした。「彼女は妊娠している。痛みはなさそうだが画像で確認したい」

マルコムは立ち止まり、うなずいた。「ああ、お安いご用だ。産科の手配をしよう」

アリーはエコーの間、わざとショーンを見なかった。子どもの姿を確認することになって彼が逃げ出すのではないかと思ったが、彼はアリーが個室に運ばれるまでずっとつき添った。そして今もそばに控えている。この画像を見ているのだろうか？

「赤ちゃんは元気そうよ」技師がアリーに微笑み、お腹のゼリーを拭き取った。「今は羊水で守られているから影響はないわ」

「ありがとう」アリーが言うと、技師は立ち去った。ショーンと二人きりだ。「服を着るわ」

「待ってくれ」ショーンは髪をかき上げた。「アリー、話があるんだ。帰るまで待てない」

アリーはこぶしを握った。振られるなら、せめて心の準備ができてからにしてほしい。

「ショーン、あとにして」

「いや、今だ。聞いてくれ」ショーンは深く息を吸い、ベッドの縁に腰かけた。アリーの手を開かせ、両手で包む。「今日は人生最悪の日だ」

「赤ちゃんを見たから？」

「違う」彼はアリーの手を放し、こめかみをさすった。「赤ちゃんには……感動したよ」

そこで立ち上がり、窓辺に足を運ぶ。背中をアリーに向けているので顔は見えない。

「どこから話せばいいんだろう。家に帰ってから言うつもりだったが、それまで待てなくなった」

スローモーションでアリーの胸の鼓動が打ち始めた。「なんなの？」

長い沈黙が漂う。「僕はこれまで人というものを信じなかった。たぶん、ソーシャルワーカーのせいだ」

「ソーシャルワーカー？」

「ああ。僕は難しい子だと言われ続けた。赤ん坊のときからティーンエイジャーまで。母親さえ見放した。母が望んでいた子どもとは違ったんだ」

「そんな……」

「僕は養家から養家へ転々とした。そしてその都度ますます難しくなった。新しい家に行くと極限まで悪さをした。試していたんだ――僕を無条件で愛してくれる家族が本当に存在するのか。それが夢物語の中だけだと知るのにそれほど長くはかからなかった。少なくとも自分には、そんなものはなかった」

アリーは目に涙を浮かべた。「ショーン」

「人づき合いはおそろしく苦手だった。知ってのとおりだ」彼は窓の外を見つめたまま抑揚のない声で続けた。「誰かを好きになったと思うと、よその家にやられる。それがどんな気持ちかわかるか？　誰にも望まれず、愛されない。しまいには愛することをやめ、身を守ることを覚えた。信じられるのは自分だけだ、どうせ失うならもう誰も愛すまい、と」

「ショーン、こっちに来て」

彼は振り向かなかった。「大人になっても同じだった。失うから誰も愛さない。僕は常に感情を殺し、自分から関係を断った。離婚家庭の子どももたくさん見た。だから結婚が破綻したときのために子どもは持つまいと決めた。でも君と出会った」彼はゆっくり振り向いた。黒い目が少年時代の苦しみを映している。「理想どおりの女性だった。強くて優しく、賢くてセクシー。僕は君に夢中になった」

「私もあなたに夢中だったわ」

「君と一線を越えた夜――」再び窓の外に目をやる。「君は純粋無垢《むく》で、すべてを僕に与えてくれた。君を放したくない、抱き締めて守りたいと思った。生まれて初めての感情だった」

「それでパニックに陥ったのね」

彼は気まずそうに笑って振り返った。「言葉では語れない。突然自分が恐ろしく無力に感じられたんだ。僕が僕じゃないみたいに」

愛情と同情がアリーの胸に押し寄せた。これまで感情を閉じ込めてきたショーンにとって、この告白はどれほど勇気のいることだっただろう。

「そして妊娠が発覚したのね」

「ああ。地面が足元から崩れた気分だった。自分のうかつさを呪ったよ」

「あなたのせいじゃないわ」

「いや、僕の責任だ。あのときは事実上君を誘惑したようなものだ。もっとよく確認すればよかったのに余裕がなかった。自分を抑えられなかったんだ」

「誘惑なんかされていないわ」

皮肉っぽく笑う。「君はバージンだったんだぞ」

「だけど自分の意思でやったことよ」

「さあな」彼は肩をすくめ、また窓に目を戻した。「いずれにせよ、君は妊娠した。そこで僕はいっきにこれまで押し込めてきた感情と直面しなければならなくなった」

「ショーン、いいのよ、そんな――」

「よくない！」ショーンは壁を殴った。「僕の子どもなんだぞ！」

「でも、子どもは欲しくないんでしょう？」

「欲しいとも。父親を知らない子になってほしくないだけだ」

彼の食い入るようなまなざしに、アリーの胸は張り裂けそうだった。これからもショーンと子どもの面会を通じて会い続けることになるのか。愛する人ではなく子どもの父親として。まるで拷問だわ。だが彼が面会を望めばそうするしかない。彼のためにも、この子のためにも。

アリーは無理に微笑んだ。「心配しないで。子どもにはちゃんと会えるようにするから」

「面会のことを言っているんじゃない」

アリーはがばっと跳ね起きた。「まさか、赤ちゃんを取り上げるというの？」

「取り上げる？」ショーンは何度かまばたきをした。

「いったい僕をどんな男だと思っているんだ？」

アリーは安心して再び枕に倒れた。「私――」

「無理もないか」ショーンは自嘲的に笑い、ベッドの枕元に腰かけてアリーの手を握った。「これまでろくなことをしなかったから。しつこく言い寄った末結婚はしない主義だと言う。あげくはわざと妊娠したと責めたり。愛想を尽かされるのも当然だな」

「ショーン」

「最後まで言わせてくれ」ショーンは咳払いをし、痛いほど強くアリーの手を握り締めた。「僕は結婚しない男だと思っているだろう。だがよく聞いてほしい。今日、君が崖を下りたとき初めて自分の気持ちに気づいた。心配で頭がおかしくなりそうだった。君を行かせたことをどんなに悔やんだか。君を失ったら終わりだと思った」

アリーには意味がわからなかった。「ショーン」

「僕を愛していると言ったね。あれは本当か？」

アリーはごくりと唾をのんだ。「そうだけど――」

「僕もだ。君を愛している」そこでアリーの手を放し、あごをつかんで自分のほうを向かせた。「これまで誰にもこんな言葉を言ったことはない。誰も愛すまいとしてきたから。だけど君に対しては、それができなかった。人を本気で愛そうとしない僕を責めたが、そのとおりだ。いつも僕は心を殺して生きてきた。だが、君に対してはだめだったよ。今日気づいた」

アリーの目から涙がこぼれた。「私を愛してる？」

「死ぬほどね」

「結婚したい？」

「ああ、君がなんと言おうと。君が無茶をやらかすのを誰かが止めてやらないと」

アリーは袖で涙を拭いた。「まだ信じられないわ。まさかこんなことになるなんて」

「ああ」彼が熱いまなざしで唇を寄せる。「君にはしてやられたよ。もう僕を放さないでくれ」

心臓が激しく打ち始める。「ええ、愛してるわ」

彼の目が優しい光を帯び、二人の唇が触れ合った。

「これから証明してもらうよ」

アリーはまだどこか不安だった。「だけど、あなたは一箇所に落ち着かない人でしょう？」

「一生クリニックに居座るつもりはない」ショーンはすまなそうに笑った。「マルコム・ロバーツが牧場経営のために離職すると聞いた。病院の救命室に空きが出るらしい」

アリーの顔が輝いた。「完璧ね！」

「いや」ショーンがこぶしでアリーの頬をなでる。

「プロポーズの返事を聞くまでは完璧じゃない」

「まあ」アリーは天にものぼる心地でいたずらっぽく微笑み、彼の首に腕を回した。

「ドクター・マグワイア」彼はアリーの髪に顔をうずめた。「僕に運命を預けてくれないか？」

「ドクター・ニコルソン、どうしようかしら」アリーがじらすと、彼はそっとキスをした。「いいわ、答えはイエスよ。あなたと一緒になれるなら、何も惜しくないわ」

ハーレクイン®

ハーレクイン・イマージュ　2016年9月刊（I-2436）

けなげな恋心
2024年5月5日発行

著　　者	サラ・モーガン
訳　　者	森　香夏子（もり　かなこ）
発 行 人	鈴木幸辰
発 行 所	株式会社ハーパーコリンズ・ジャパン 東京都千代田区大手町 1-5-1 電話 04-2951-2000（注文） 0570-008091（読者サービス係）
印刷・製本	大日本印刷株式会社 東京都新宿区市谷加賀町 1-1-1
表紙写真	© Mario Kelichhaus ｜ Dreamstime.com

ISBN978-4-596-53983-0 C0297

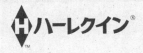

◆◆◆◆ ハーレクイン・シリーズ 5月5日刊 発売中

ハーレクイン・ロマンス

愛の激しさを知る

独りぼっちで授かった奇跡	ダニー・コリンズ／久保奈緒実 訳	R-3869
億万長者は天使にひれ伏す《純潔のシンデレラ》	リン・グレアム／八坂よしみ 訳	R-3870
霧氷《伝説の名作選》	ベティ・ニールズ／大沢　晶 訳	R-3871
ギリシアに囚われた花嫁《伝説の名作選》	ナタリー・リバース／加藤由紀 訳	R-3872

ハーレクイン・イマージュ

ピュアな思いに満たされる

生まれくる天使のために	タラ・T・クイン／小長光弘美 訳	I-2801
けなげな恋心《至福の名作選》	サラ・モーガン／森　香夏子 訳	I-2802

ハーレクイン・マスターピース

世界に愛された作家たち
～永久不滅の銘作コレクション～

情熱は罪《特選ペニー・ジョーダン》	ペニー・ジョーダン／霜月　桂 訳	MP-93

ハーレクイン・ヒストリカル・スペシャル

華やかなりし時代へ誘う

路地裏をさまよった伯爵夫人	アニー・バロウズ／琴葉かいら 訳	PHS-326
ふたりのアンと秘密の恋	シルヴィア・アンドルー／深山ちひろ 訳	PHS-327

ハーレクイン・プレゼンツ作家シリーズ別冊

魅惑のテーマが光る
極上セレクション

秘密の妻	リン・グレアム／有光美穂子 訳	PB-384

※予告なく発売日・刊行タイトルが変更になる場合がございます。ご了承ください。